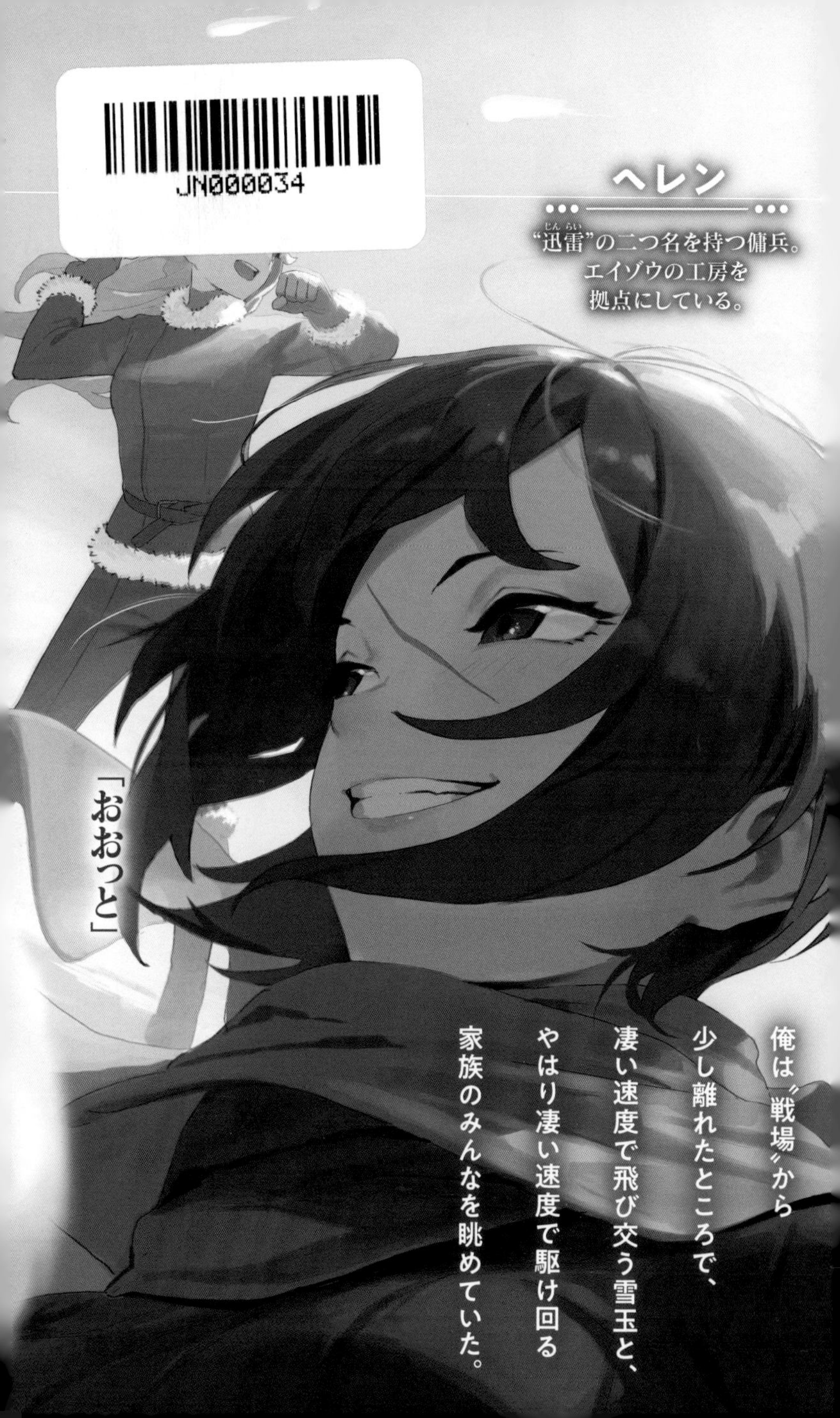
ヘレン
“迅《じん》雷《らい》”の二つ名を持つ傭兵。
エイゾウの工房を
拠点にしている。
「おおっと」
俺は〝戦場〟から
少し離れたところで、
凄い速度で飛び交う雪玉と、
やはり凄い速度で駆け回る
家族のみんなを眺めていた。

エイゾウが作った
薪ストーブの前で
団欒のひととき
リケ
ドワーフで、
エイゾウの腕に惚れ込んで
押しかけ弟子に。
アンネ
帝国の第七皇女。
和平会議の後、
エイゾウ達と暮らすことに。

[著] たままる
[画] キンタ
Different world slow life begun at the Smith
鍛冶屋
ではじめる
異世界
スローライフ
10

イラスト
キンタ

デザイン
AFTERGLOW

CONTENTS

Different world slow life begun at the Smith

プロローグ　都の冬

王国の冬はあまり厳しくない、と言われている。例年、あまり気温が下がらず、降雪も多くはないためである。

だが、それでも冬支度をせずに過ごせるほど温暖というわけでもない。都の道々を行く人々の中には冬到来に備え、もう一枚上に着るための布地を手にしている者も少なくないし、多くは今後入手しにくくなるであろう食料の確保に奔走しているようだった。

屋内に暖房がある場合であっても、もちろん冬支度をしなくて済むわけではない。

ここエイムール邸にも暖房はあるのだが、当然のことながら燃料の薪《まき》が必要で、カミロのところから仕入れるにせよ、それを使いやすい大きさに割ったり、所定の場所にしまっておいたりといった作業は必要だ。

カテリナは普段〝特別な〟仕事を任されている。使用人であれば行うような、屋敷内での仕事をすることはあまりない。

だが、この時期だけは別で、薪割りとその収納に大活躍なのである。

そんなわけで、カテリナはこの時期が好きだった。

「今くらいはそこまで寒くないしね」

とは言え、朝方の気温は如実に下がってきている。かじかむとまではいかないが、起きた時には足先や指先が冷たくなっている日が増えてきた。

まあ、それはカテリナの寝相が悪く（同僚から時折クレームがつくこともある）、気がつけば足や手がベッドから飛び出ていることがしょっちゅうだからでもあるのだが。

カテリナは入念に準備運動を行った。肩を回したり、膝《ひざ》の屈伸をしたりだ。少し汗ばむ手前くらいでやめておいて、薪割りの場所へ向かう。

エイムール邸の中で、庭になっている場所。そこは幼い頃はエイムール家の兄妹《きょうだい》が遊んでいた場所であり、長じてからは剣の稽古《けいこ》に使っていた場所だ。

今現在マリウスは一家の長として忙しくしており、ディアナはこの家にいない。エイムール伯爵夫人――つまりはマリウスの妻――であるジュリーも特に花などが植わっているわけでもないここにはあまり立ち寄らないのだ。

そういえば、この冬を越すくらいにはここにも花を植える予定であると、カテリナは聞いた記憶がある。

花壇を整えて、心を休める場所にすることはもちろんだが、どちらかといえば「しょっちゅう使うわけでもなくなった広い空間を残しておくことは、この館の防衛上あまりよろしくない」との判断のようだ。この家の他の様子からすると、近頃貴族の庭園で流行しつつあるという「迷路」を作る可能性もあるらしいが、それがマリウスなりの照れ隠しであるかどうか、カテリナには判断がつかなかった。

「よっ」

カテリナが薪割り用の斧《おの》を振り上げ、下ろす。コン、と小気味よい音が庭に響き渡り、薪の数が増えた。

そういえば、とカテリナは思った。主《あるじ》の友人である鍛冶屋《かじや》は〝黒の森〟に住んでいるのだと聞いたことがある。〝黒の森〟でも暖房は必要だろう。そこではどんなふうに薪を用意しているのだろうか。

木を伐《き》るだけでもかなりの危険が伴うはずだが、あの人たちなら鼻歌交じりにこなしているような気がしてならない。

見上げると、澄み切った青空が広がっている。同じ空の下で、きっと冬支度にいそしんでいるだろう知人一家の姿をカテリナは脳裏に浮かべ、それは笑みとなって口からこぼれた。


「食料の備蓄はこれくらいで平気かと」

「そうだな」

薄暗い倉庫、使用人の長であるボーマンと、家の主であるマリウスが言葉を交わしていた。

「今年は随分と早くに準備が終わったんだな」

「カミロ様が融通してくださっていますからね」

ボーマンの言葉に、マリウスは頷《うなず》いた。ありがたいことだ。

街や都でいくらかの便宜を図り、その見返りがあるとは言っても、通常であれば考えにくい量をカミロは調達し、納品してくれたのだ。

あまりに早すぎても保存できる限度を超えてしまうが、最悪この屋敷に立て籠《こ》もることになっても、春先まではなんとかもたせることができるくらいの量が既に揃《そろ》っている。

「冬の布地の用意も終わっているね？」

「ええ、もちろん」

ニッコリと微笑《ほほえ》むボーマンに、マリウスは内心で胸を撫《な》で下ろした。

暖炉があっても重ね着は有効で、重ね着するための服がダメになってしまったときに、補修する布地の有無は文字通り死活問題だ。

こちらもカミロが調達してくれたらしい。あまり一箇所に頼り過ぎると、不都合が起きた場合に困るので、いくらか分散させたほうが良いとは思うのだが、いかんせん優秀なので頼りがちになる。

「今度、何か贈っておくか」

「私のほうで見つくろっておきますか？」

「そうだな……いや、いい。私が探しておこう」

「おや、よろしいので？」

「ああ、〝友人〟への贈り物だからね」

なるほど、と呟《つぶや》いてから、ボーマンは主に笑いかけた。

「そういえば」

用を済ませた倉庫を後にしながら、マリウスはボーマンに話しかけた。

「なんでございましょう？」

ボーマンが片眉《まゆ》を上げる。

「エイゾウたちは食料をどうしているんだろうな」

「森の恵みを秋口に貯《たくわ》えておられるのでは？」

「森と言っても〝黒の森〟だぞ？　……いや、エイゾウたちだからな」

「ええ」

ボーマンとマリウスは深い頷きを交わす。

にこやかに森での日々を過ごしているであろう面々を思い浮かべ、二人の頷きはやがて笑い声に変わっていった。

1章　〝黒の森〟の日々

うちの周りには木が生えていない。エルフのリディ曰《いわ》く「魔力が濃いから」なのだそうだ。

それで気になって以前に伐《き》った木の切り株を確認してみると、普通切り株を囲むように伸びてくるはずの〝ひこばえ〟（切り株の周りに生える新芽）も、うちのあるほうには伸びていない。

かといって、木の生えていない言わば庭の部分は土と石塊《いしくれ》だけかといえばそうではなく、普通に草花は生えているので不思議なものだ。

畑の作物もすくすくと生長し、エルフの種の「すぐに次の収穫ができる」という特徴を存分に発揮していた。

そんなポッカリと空いた領域に、剣の稽古をする傭兵《ようへい》のヘレンと伯爵家令嬢のディアナ、そして帝国皇女であるアンネの気合いの乗った声が響く。空は橙《だいだいいろ》色を連れてきており、もうしばらくすれば今度は夜闇を連れてくるだろう。

スコン、といい音をさせているのは弓の練習をしている虎の獣人のサーミャにリディ、そしてドワーフのリケだ。後ろにいるならせめて長射程の武器を練習したい、とリケが申し出て、サーミャとリディが教えている。

走竜のクルルと狼《おおかみ》の魔物ルーシー、カミロの店とやり取りをするためにうちに来た小竜のハヤテは三人で追いかけっこのようなことをしている。空を飛べるぶん、ハヤテが少しだけ有利なようだが、飛ぶと体力を使うのだろう、時々クルルの背中で体を休めていた。

そんな賑《にぎ》やかに暮れていく庭の片隅、俺は包丁を魔法のランタンの光にかざした。

「やっぱり綺麗《きれい》だな」

カレンさんと契約をした日からもう一度納品の日を迎えた。その時に街の商人であるカミロから手渡されたものがある。それは三本の包丁だった。

その包丁を個別に包んだ布には、ものすごく読みづらい字ではあったが、それぞれに名前が書かれていた。ボリスにマーティン、そしてサンドロのおやっさん。都の食堂〝金色牙の猪《いのしし》亭〟の面々である。

以前に「カミロの店に預けてくれたら研ぎや調整をする」と言ってあったのだ。

作業に入る前の包丁を並べて見てみると、それぞれに彼らの顔が浮かんで見えるようだ。

〝金色牙の猪亭〟のみんなはゴツい風体をしているが、包丁の扱いは実に丁寧である。チートが無ければ僅《わず》かな歪《ゆが》みや、微妙な欠けなどに気がつけなかったかもしれない。

これくらいの歪みであれば、熱して直す必要はない。金床もいつも使っているゴツいのではなく、小さい方でも直せそうなので、研ぎの道具一式と一緒に外に持ち出し、風を浴びながら作業をしようというわけだ。

明かりにかざし、微妙な歪みを確認したら、金床に置いた包丁をごくごく軽い力で叩《たた》いていく。こんな作業でも、気を抜くと割れや折れに繋《つな》がるのだが、俺にはチートの手助けがある。

その力も借りて、小さな金属音をさせつつ、魔力が籠もりすぎないように（うっかりするとすべてを切り裂く包丁になってしまう）コツコツと歪みを取っていく。

あらかたの歪みが取れたら、今度は研ぐ工程だ。水を砥石《といし》にかけ、慎重に刃を研ぐ。

シュリシュリと、さっきまでとは違う音をさせながら、一本の包丁が元の姿を取り戻していく。

研ぎ上がった包丁を光にかざすと、キラリと刃が光を反射して輝いた。

そして三本目、気がつくと追いかけっこをしていたはずの娘たち三人が間近で興味深そうに眺めていた。普段は鍛冶場の中でやっていて見る機会がないからだろう。

たまには親の仕事を見せるのもいいかと思い、

「危ないから、あまり近寄るなよ」

そう俺が言うと、三人とも了解だろう声を上げる。俺は慎重にゆっくりと研ぎの作業を進めるが、少し気合いが入ってしまったのは致し方ないことだろう。サンドロのおやっさんの包丁なので、どっちみち多少の気合いは入れていたかもしれないが。

何度か砥石の上で包丁を往復させ、最後に水で流し、布で拭《ぬぐ》う。あたりが少し暗くなってきた中、ランタンの明かりにかざすと、その包丁はやはりキラリと輝き、娘三人は囃《はや》し立てるように声を上げる。

それを聞いて誇らしげな気持ちになりながら、俺はそろそろ冬の足音が近づく我が家の〝いつも〟を終えた。

朝食をとりながらのひととき。まだ肌寒いとまではいかないが、近頃は朝方の気温が低くなってきたような気がする、という話題になった。

有り体に言えば秋が過ぎ、冬が近づきつつあるということだ。

以前、このあたりで雪が降ることは滅多にない、とサーミャにディアナが受けあっていたが、それでも準備は必要だろう。

我が家には温泉という、身体《からだ》を温めてくれる大変素敵なものがあるわけだが、湧出場所や工事、建築の都合もあって少し離れたところに構えているし、常に湯に浸《つ》かっているわけにもいくまい。

冬になる前に、家全体を暖めるようなものが必要だろう。

「あっちの新しく追加した部屋の方は離れてるからねぇ」

ディアナがそう言って、部屋から廊下のほうを見やった。その廊下にも部屋はあるが、途中で直角に曲がっており、コの字型の上の部分にあたるそこにも部屋がある。

今俺達が食事をとっているこの居間辺りまで、かまどや鍛冶場の熱が多少流れてきていることもあるのだが、自然に任せた状態で家全体に行き渡らせるのは無理だろう。

そう、うちには高温を発する鍛冶場がある。鋼が溶ける高温になる炉が設《しつら》えられているので、その熱を利用できればと思うのだが、

「問題は仕事しないときは火を落としてることだな」

俺は顎《あご》に手を当てて言った。夜間はもちろんのこと、それ以外に炉を使わないときもある。炉を使っていなくても、火床《ほど》に火が入っていることは多いが、発する温度は炉と比べると低い。

「肝心の夜中に寒くなっていくのはマズいかもねぇ」

俺と同じようにディアナが顎に手を当てる。サーミャとヘレンがそれを見て笑いをこらえているようだった。

「そういえば暖炉はないのよね、この家」

あたりを見回しながらアンネが言った。ウォッチドッグが何を思って省いたのかはわからないが、彼女の言う通りこの家には暖炉がない。

もしかすると「冬までには作ってるだろ？」という、ちょっとした試練くらいのつもりだったのかもしれない。

「そういや、獣人たちはどうしてるんだ？　焚《た》き火《び》か？」

「いや、着込むだけ」

この森の元々の住人たるサーミャに聞いてみると、実にシンプルな答えが返ってきた。なるほど。雪が降らないくらいなら、それでなんとかなるのだろう。

「アタシたちは皆とは身体が違うから耐えられるけど、皆が耐えられるかはわかんないぞ」

「そりゃそうか」

サーミャが続けて、俺は頷いた。なるほど、獣人の身体には元になった（？）動物の被毛が手足だけとは言えある。サーミャの場合は虎である。常に暖かい手袋をはめ、靴下を穿《は》いているようなものだ。

それがない俺たちが同じように着込むだけで一冬耐えられるかは分からない。雪も滅多に降らないということは、逆に言えばたまには降るのだ。

「そういやエイムール邸には暖炉があったな」

「そりゃあるわよ」

そのままディアナに聞いてみると、エイムール邸の暖炉はセントラルヒーティングよろしく各所に熱が回るように煙突が設けられているらしい。

「うちにも暖炉があったわよ」

俺が聞く前に、アンネが答えた。さすがに帝国の宮廷らしく、身分が上の人の居室にはそれぞれ備え付けてあったそうである。

「うちはそんなに寒くはならなかったので！」

リケが胸を張るように言った。彼女の住んでいたあたりは鉱山が近いと聞いていたのだが、地熱か何かでそこまで気温が下がらない、ということらしい。あまり広くないところにみんなで集まって寝てるので、それもありますけどね、とは付け足していたが。

割とバカにできないんだよな、人熱……。

別のところだが、サーミャと同じく森暮らしのリディの家にも簡易の暖炉というか、囲炉裏に近いものはあったらしい。冬場はそれで乗り切れるのだそうだ。

傭兵のヘレンは決まったところに住んでいたわけではない。大体は焚き火で温まれれば御の字で、時には友人と身を寄せ合ってということもあったと笑っていた。

「これで方針は絞られたわけだな。一、暖炉を作る。二、暖かい毛布なんかを用意するだけにしておく」

俺は指を立てて数える。

「んで、暖炉を作るにしても、暖房専用の暖炉を作るか、鍛冶場《かじ》の熱を利用するか、温泉をこっちまで引いてくるか、あるいはその複合になるな」

「暖炉を作ると時間がかかりますねぇ」

リケがのんびりした声で言う。俺は頷《うなず》いた。つい最近温泉でかなり時間を使ったところだ。そろそろ鍛冶仕事のほうにも力を入れないと。

かと言って、寒くなってから作りますでは間に合わない。ストーブみたいに買ってきて設置すれば良いというものでもないのだ。

ん？　ストーブ？　俺はちょっと閃《ひらめ》いた。そうだ、その手があったな。

あまり前の世界由来の、文化や時代が進んだものを取り入れるのはどうかなと思ったが、ものとしては至極単純だし、技術的にも大したものではない。

前の世界でも原型のようなものが生まれたのは紀元前と聞くし、サスペンションのように「放っておいても遅かれ早かれ同じか似たものが出てくる」と思って良さそうだ。

「こう、ドラ……寸胴の筒の中で火を焚いて、その熱で暖まるのはどうだろう。煙は鋼の管で外に出るようにすれば、ある程度まではならそこからも熱が得られるはずだ」

要は薪《まき》ストーブである。つくりとしては実に簡素だ。火を焚く部分と、煙を外に出す煙突だけが主要なパーツだし。うちには木炭がたくさんあって木もそれこそ売るほどある。

家が木造なので、火の粉が散りにくいようにするとか、火を焚く箇所は床から離しておくとかは必要だろうが、必要なのはそれくらいだ。

「解体すると移動できるようにしておけば、使わない季節は倉庫に放り込んでおけばいいし」

「いいじゃん」

俺の説明にサーミャが乗って、皆が頷いた。

「じゃあ、ちょっとずつそれを作るってことでいいかな。今日はいつものとおりの仕事ってことで」

俺がそう言うと、皆から了承の声が返ってきた。とりあえずは今日の仕事を頑張るとするか。

その日の夕食後、話はストーブのことになった。

リディが淹《い》れてくれた湯気の立つ茶を飲みながら、ヘレンが言った。

「それって北方のやつなのか？」

「いや？」

「じゃあ、エイゾウの発明か。荷車のあれみたいな」

「うん？　うーん。まぁ……そうだな……」

俺は少し首を捻《ひね》りつつ肯定する。それを見て、サーミャが怪訝《けげん》な顔をした。本当の話ではないからな。当たり前だが前の世界で薪ストーブを開発したのは俺ではない。きちんとした薪ストーブを開発したのはアメリカの何とかさんという人だ。

だが、この世界で最初に作り出すのは俺だ。であれば、この世界では俺が発明したのと大きな違いはない。

このあと普通に完成してしまえば、サスペンションと同じく世界的には今出現しても良い技術ということになる。大きなＩＦは存在しない、というのが〝ウォッチドッグ〟の説明だった。

その理屈で言えば好き勝手をしてもダメなら止まるんではないか、とも思えるが、止められる過程で何が発生するか分かったものではない以上、試すような真似《まね》は最低限に留《とど》めておいたほうがいいだろう。

「それはともかく、納品物が揃《そろ》う目処《めど》もついてきたなぁ」

「早速作ります？」

リケがワクワクを隠さず、身を乗り出すようにして聞いてきた。

「うーん、色々あったから羽を伸ばしたい気持ちもあるけど、いずれ作らなきゃいけないもので、今は大量発注も無いことだし、手が空いてるうちに片付けちまうか」

そう答えると、リケは手を叩いて賛同を示した。他の皆もリケのように賛同とまではいかないが、特に反対する意見も無いようなので、次はストーブを作ることにした。

とは言え、温泉の湯殿を建築したときのような大掛かりなことにはならないだろう。せいぜい煙突を突き出す穴を開けたり、それを塞《ふさ》ぐ仕組みを作ったりで、品物はあっという間にできそうである。

なので問題になるとしたら、ストーブそのものというよりは、

「いくつ作ってどこに置くかだなぁ」

俺たちのいる居間はある程度暖かい。だが十分に暖められているかというと若干怪しい面もある。

となれば、ここには一つ必要だろう。

あとは各人の居室をどうするかだ。

「別に一部屋に一つでも良いんだけどな」

寒さへの耐性は個々人によって違ってくる。サーミャはある程度寒さに強いが、リケはそうではない。

温度を調節できるようにするなら一部屋に一つ置いて火の管理も個人に任せる、としたほうが良いようには思う。

この場合の問題は当然作る数がそれなりにあることだ。客間もあるしなぁ……。

「二〜三部屋に一つにしておいて、寒がりの部屋にストーブを置くようにするか。あと俺の部屋」

俺の部屋は特権ではなく、客間にはストーブを置かずに煙突経由で熱を送り込むためである。そのほうが安全だろうし。

こうして、どの部屋に設置して、煙突をどう回すかなんかをああだこうだと言い合っているとき、ふとリディが切り出した。

「そういえば、北方の暖房ってどんなのがあるんです?」

「北方の暖房か……。カレンさんとこがどうかは知らんが、こう、小さなテーブルに布団をかけて、その中に小さな火鉢をいれたやつとかかね」

言うまでもなくコタツである。一度足を入れれば二度と出てこられなくなる悪魔の暖房器具だ。

「それは作らないんですか?」

「うーん、籠《こ》もったところで炭を使うからな……ルーシーが潜り込んで事故が起きるほうが怖いかな……」

電気のヒーターや温泉熱の床下暖房的なものならまだしも、火の場合は少し用心したいところだ。普通に一酸化炭素中毒の危険性がある。

前の世界で婆《ばあ》さんから聞いた話だが、豆炭あんかを利用したコタツを使っていて、知らず入った動物が中で……という事故もあったらしい。

うちの場合だとルーシーがそうなりかねない、ということを前の世界の話をぼやかしながら皆に話すと、

「それはうちにはなしね‼」

ディアナがそう高らかに宣言して、俺達は笑いながらもしっかりと同意した。

暖房器具はある程度の目処がついた。作るのもそんなに手間はかからないだろう。見映えはともかく、ってことにはなりそうだが。

「ああ、あと……」

いくつか、俺には作っておきたいものがあった。

「最近リケが弓の練習をしてるよな？」

「ええ」

俺が言うと、リケは頷く。手先の器用さが弓の腕にどれくらい影響するものかは俺にもわからな

いが、サーミャやリディに褒められているところを見かけるので、なかなかの命中精度を誇っているようだ。

「それはそれでいいとして、クロスボウも作っておいたほうがいいかなと思ってな」

前の世界では「キリスト教徒には使用禁止」とまでされた武器である。まぁアレは「死んじゃったら身代金が取れないでしょ」という意味も多分に含まれていたわけだが。

それはさておき、連発性に欠けるが威力の高いクロスボウをいくつか作っておくのはダメな話ではないだろう。

リケはドワーフということもあり筋力がある。弓でも強めの弦が引けるし、普段の鍛冶仕事を見ている限りでは背筋も結構あるようで、アレなら腰で弦を引っ張り上げる方式のクロスボウでも、かなりの強さの弦を引けるはずだ。

「弓は弓で連射も出来るし有用だけど、今後〝何か〟と対峙《たいじ》することも考えると、あって損はないと思うんだ」

邪鬼《トロール》のときみたいな魔物討伐ではもちろん、万が一ここに立て籠もる事態が発生したときにも役に立ってくれると思う。そのときは火矢対策も必要になってくるが。

「クロスボウかー。あれ意外と厄介なんだよな」

話を聞いていたヘレンが天を仰ぐ。傭兵《ようへい》時代のことを思い返しているのだろう。

「ヘレンの脚でもか」

「いやまぁ、なんとかならなくはないんだけどさ」

なるんかい、という言葉を俺はグッと飲み込んだ。

「速いし当たると致命傷だしでヒヤヒヤする。こっちが固まってると誰かには当たっちまうし」

「ということは回避するルートがある程度絞られる場合は有効か」

「この森みたいに？」

頭の後ろで手を組んだまま、こっちに顔を向けたヘレンに俺はニヤッと笑いかけた。

俺が笑ったのを見たヘレンは、うんうんと頷いて言う。

「荷車が通れるくらい幅があるところもあるけど、それより狭いところのほうが多いからな」

「じゃ、バリスタも考えたほうが良いかな？」

俺が言うと、ヘレンは苦笑した。

「そりゃ、防衛するならあって損はないけど、そんなもんがあったら、いよいよ砦《とりで》だな」

「〝黒の森〟の砦かぁ」

ディアナが目を輝かせる。そういえば、こういうの結構好きなんだよなディアナ……。

「まずはバリスタまでは必要にならないようにしておきたいところね」

ため息をついて、アンネが言った。それも然《しか》りだ。

「とりあえずは、持ち運びもできるクロスボウをいくつかだけで良いんじゃないでしょうか。私も使えるかはともかく、サーミャさんやヘレンさん、アンネさんは弦が引けるでしょうし」

コクリと茶を飲んだリディが言う。アンネの身長と筋力を考えたら、彼女のは巨鬼《オーガ》をも吹っ飛ばすことができそうだな。それこそバリスタになってしまいそうだが。

「ああ、あと」

「まだあんのか」

サーミャが呆《あき》れたように言った。俺は頷く。

「森の中で使いやすい武器も揃えたほうが良いのかもしれないなと」

「短剣ならもうありますよ？」

「売るほどね」

俺の言葉にリケが返し、ディアナが乗っかって、家族が笑う。

「あれはあれで有効だと思うが、メイスみたいなのだな」

「なるほど。ある程度適当に振ってもなんとかなりそうなやつか」

ヘレンがポンと手を打った。

「あとは殺さない武器かな」

「ネットとか？」

「そうだな」

ネットとは要するに人や獣用の投網だ。細めの縄でできていることもあれば細いチェーンで編まれていることもある。

チェーンのは当たりどころが悪ければ結構致命傷になりそうだが。

「後はボーラとかがいいかな」

「またなんでそんなのを？」

「そりゃ相手を殺したらまずそうな時に使うんだよ。相手がそれで大人しくしてくれるかは別だけど」

「なるほどねぇ」

ヘレンは再び天を仰ぐ。非殺傷武器にはあまり興味がないらしい。

「でも、あれこれ作るわけにはいかないでしょ？」

アンネが割と大きめのため息をつきながら言った。俺は頷《うなず》く。

「さしあたりは生活に必須《ひっす》の暖房を作って、その後クロスボウをぼちぼち揃えよう。手が空いたら作っていって、上手《うま》く出来るようになったらカミロに卸しても良いかもしれないし」

「クロスボウは兄さんが欲しがりそう」

少し呆れる感じでディアナが言って、「違いない」とヘレンが笑い、釣られるように家族全員の笑い声が居間に響いた。


いつもの納品物を作っていた休憩中のことだ。

「前にクロスボウの話をしてたけど、ここって武器しか作らないの？」

ふと、そんなことをアンネが言った。

「いや、特にそう決めたわけじゃないぞ」

言って俺は鍛冶《かじ》場においてある飲料水用の水瓶《みずがめ》から柄杓《ひしゃく》でカップに水を汲《く》んで飲み干す。

「初めて街へ行ったときは鎌なんかもあったよな」

サーミャが懐かしむようにそう言った。あれももう半年以上前になるんだっけか。

その後、武器に専念して、リケが来て、カミロのところに品を卸すようになって……。

「そもそも、今使ってる斧《おの》だの鍬《くわ》だのはここに来てから作ったやつだぞ」

「あの使いやすいの、売れるんじゃない？」

再びアンネが俺に言った。まぁ、俺も最初はそう思って意気揚々と街へ鎌だのを持っていったわけだが。

「それがなぁ、ことはそう簡単じゃないんだよな」

街には領主お抱え、つまりはエイムール家お抱えの鍛冶屋がいて、農具を作ったり修理したりといったことは、その鍛冶屋がすることになっている。

それでことが足りてしまうため、売って売れないこともないのだろうが、基本的には誰も買っていかない。

今も作っているナイフは下町の農業をしない人達が買っていってくれるので、なんとかなったわけだが。

「それ以外のものも、あんまり売れそうになかったからなぁ」

「鍋《なべ》とか？」

「だな」

よほど傷んだなら買い換えるのだろうが、ちょっとした穴あきなんかは鋳掛け屋の領分で、直して使い続ける家のほうが多い。

となれば、そうそう売れるものではない。下町の人々の感覚からすれば、安いもんでもないし。

まぁ、そのたまの機会を狙うのもありだったかもだが、嵩張《かさば》るからな……。

「かといって、小物は作る手間に比して儲《もう》けがな」

大物でない金属製の食器の需要は庶民にはない。うちで使っているスープ椀《わん》やスプーンも木製だし。

逆にマリウスのとこなんかだと金属製のスプーンなどもあるのだが、銀製だったりする。

無論、そんなものが庶民に買えるはずもない。

釘《くぎ》やかすがいみたいなものなら多少は需要もあるみたいなのだが、その手間に対して数を作ってもそう大した儲けにはならないのだ。

いきおい、そこそこの手間で儲けられる武器を作ることが多くなってしまうというわけだ。

「そうは言うけど、大抵のものはもうカミロさんが買ってくれるんじゃ？」

「それはそうなんだけどな」

アンネの言葉に、俺は肩をすくめた。何を作っても「売るあてはある」と言って買ってくれるだろう。それこそ銀食器でも。……銀で食器作る時って鍛冶屋のチートきくのかな。

そしておそらく実際に売ってしまうのがカミロの才覚というやつである。自惚《うぬぼ》れがすぎるのもなんだが、これまでの話でもあったように俺の作ったものでも売れないときは売れない。

そしてカミロは不良在庫をいつまでも抱えているようなタイプではない。だからこそ帝国や北方にまで手を広げられたのだろうが。

「もうちょっとのんびりやっていける確信が持てたら、そういうのをメインに作っていくのも悪くないかもな」

俺が言うと、なぜだかアンネはニッコリと笑った。

「ま、カミロが困らん程度に、だけど」

今度は他の皆も笑う。

「さ、続きをやっていこう」

皆の了解の声と、火があげるゴウゴウという音が鍛冶場に響いて、俺たちはいつもの作業に戻っていった。


「世はなべて事もなしか」

「そうだな」

俺が言うと、カミロは口ひげをいじりながら頷いた。

冬に備える、ということでストーブを作り始める直前、俺たちは納品物が揃《そろ》ったので先にカミロのところに納品に来ていた。もちろん、事前にハヤテに連絡してもらっている。

ハヤテはカレンさんが都に留まり、〝北方使節団〟が北方へと帰った当初こそ多少の戸惑いが見えたが、今はのんびりしたここの暮らしにも慣れてきたようだ。

もし、時折飛ばしてあげたほうが良さそうなら、あまり用事がないときでもカミロのところに飛ばしてあげようかなと思っていたのだが、どうやらその必要はなさそうでそこはホッとした。

それはともかく、納品のときに色々カミロから話を聞いたが、都でも今は特に何も動きはないそうだ。北方からも特に連絡はなし。

カレンさんがそろそろ作ったものを送ってくるかもな、くらいなもので、マリウスの領地――つまりはこの街だが――でも特に大きな問題は起きてないらしく、遠征なんかもないそうだ。

いや、遠征はちょこちょこ行われてはいるみたいなのだが、マリウスが家督を継いだあとにポンポンと成果をあげてしまったため、しばらくはそういう「わかりやすい」仕事はないらしい。

侯爵あたりも忙しくはしているようなのだが、いずれ俺のところにまで回ってくるような話はないらしい。「あの人なりにお前に気を遣ってる部分がある」とはカミロの言だが。

「じゃあ、何かあったら遠慮なく連絡をくれ。次は連絡したように三週間後だ」

そう、一週間と少しで納品物が揃ったので、先に納品して間を長くとり、そこで冬支度を整えてしまおうというわけである。二週間弱冬支度その他の作業に打ち込み、その後の一週間で納品物、そして納品というスケジュールにしたわけだ。

作業が早く終われば、本格的に寒くなる前にちょっとしたお出かけもありかな、と考えている。本格的な寒さ到来となれば外に出る機会も減るだろうしな。

そうして納品を済ませ、荷車に戻ると三週間分の炭や鉄石だのといった仕事に使うものの他に、どーんとでっかいものが載っていた。布と羊毛である。家族一〇人分のそれらは、重さはともかく見た目にはかなり大きい。

「そういえば、暖房を作るから家の中はともかく、外に出る時に寒いよな」

「そうねぇ。一応みんな外套《がいとう》はあるけれど。それとも、何か北方には良いものがあったりする？」

「そうだなぁ……。ああ、あるよ。ちょうどお誂《あつら》え向《む》きのが。よそ行きには向いてないけど、近くをうろつくくらいなら十分だ」

来る途中、かなり冷たくなってきた風を感じながら俺とディアナはそんな会話を交わした。それを作る材料がカミロのところにあれば仕立てるということになったのだ。

ストーブを作っている間は俺とリケがメインで、他のみんなは多少手伝ってもらうことがあるにせよ、手が空くことが増えてしまうだろう。その手持《ても》ち無沙汰《ぶさた》の解消でもあった。

丁稚《でっち》さんにいつものようにチップを渡し、街路を進み、衛兵さんに挨拶《あいさつ》をして街を出た。

街道で、少し窮屈な荷台の上、窮屈さの原因である小山を見ながらリディが言った。

「〝ドテラ〟でしたっけ？　カレンさんの伯父さんが着てた服みたいなやつですよね？」

「そうそう。あんな感じのやつだな」

カンザブロウ氏は羽織を羽織っていた。あんな感じの上半身だけのコートで、綿とか羊毛を入れてモコモコした感じにしたやつ、というアバウトな説明をしたのだが、なんとなく伝わったようである。

どっちかというと「鎧下《よろいした》みたいなもんか」とヘレンが納得したのも大きいようだが。鍛冶屋に生まれ育ったリケがそれで納得できるのはともかく、ディアナとアンネが「なるほどな！」という顔をするのはなんだろう、どことなくおかしいような気がしないでもないが、今更か。

まぁ、そんなものではあるが、着るものということに違いはない。女性陣（つまりは俺以外の全員だが）はデザインはともかく、どこかに誰のものかわかるような飾り布をつけようだの、クルルやルーシーのはどうしようだのと盛り上がっている。

それをにこやかに眺めながら、クルルの牽《ひ》く荷車は街道を進んでいく。そして、荷車が森に入る直前、準備を後押ししてくれているのか、とびきり冷たい風がビュウと吹きつけ、否が応でも冬への備えを意識させられた。


ゴウゴウと火床の炎が舞い上がる中、ガンガン、と板金を叩《たた》いて延ばす。俺が今作っているのは薄くて細長い板だ。

少し離れたところでは、サーミャとリケも板金を叩いている。できないわけではないのだが、サーミャは裁縫があまり得意ではない。主に手の構造の都合なのだが、無理に裁縫をやらせてもなぁ、と思っていたところ、

「サーミャの分はこっちで作っておくわよ」

とディアナが言ってくれたので、それに乗っかりサーミャはストーブの方で手を借りることにしたのだ。

ストーブ本体の構造はサーミャとリケに教えておいた。と言っても、前の世界のもののようにキッチリ二次燃焼までしてくれるような複雑な構造ではない。耐熱ガラスの窓もないので、「鋼で覆った焚《た》き火《び》台」、あるいは「口の広いロケットストーブ」のようなものである。

そして、今サーミャとリケが作っているのはそのストーブ本体部分である。

で、俺が作っているのは何かというと、排気用のパイプだ。パイプの作り方はいくつかある。円柱を作ってからくり抜くように伸ばして穴をあける方法が手っ取り早いし、継ぎ目も少なくて済む。問題はくり抜くための道具の長さ以上のものは作れないことで、そこで一旦《いったん》区切って継ぎ合わせて長いパイプにしていくことになる。

一方、薄い板を螺旋《らせん》状に巻いていき、縁を継いでいく方法。これは長さの分だけ継ぎ目が出来ることになるが、理屈の上ではどこまででも長いものが出来るはずだ。

本来なら継ぎ目の長いこの方法は煙を排出するパイプにはあまり向いていなそうなのだが、そこはチートの援助を借りれば文字通り水も漏らさぬパイプを作れる俺である。

逆に言えば、うちの工房では俺が担当するのが一番良いということだ。

なので、そのパイプを作るべく、薄く細長い板を作ろうと金床に熱した板金を置いて一生懸命に叩いているわけだ。

細い金属板の需要がそれなりにありそうだし、うちの作業でも何かと便利なのは間違いないので、圧延機みたいなものを作ってもいいのかなと思うこともある。

水車動力を使えない我が工房で動力源をどうするのかという問題はあるが、今もこんこんと湧き続けている温泉から湯を引っ張ってくることも不可能ではないし、時々しか使わないならクルルにお願いすることも出来るだろう。

だが、圧延機を作ればそれは「均質な金属板を安定して大量に作れる機械」なわけで、もしこれが工房の外に出た場合、軍事力に大きな差が出かねない。

そういう国家間の力の差を作ってしまうことも、出来れば避けたいのだ。

その逆で、例えば勇者と魔王のどっちにも同じ武器を渡してやる、とかならいいだろう。

まぁ、そんな機会はまずないと信じたいが。

そんなわけで、頑張って手作業で板を作っているわけだ。

「ふう」

ビロンと伸びた鋼の板を木の棒に巻いていく。これ、このままゼンマイに使えそうだな……。前の世界で、製麺機《せいめん》で延ばした生地を棒に巻き取っていく映像を見たことがあるが、ちょうどそんな感じである。原理的には一緒か。

「そっちはどうだ？」

「まぁまぁできてますよ！」

一息入れるついでにリケに声をかけると、朗らかな声が返ってきた。ゴツい金属製の箱のようなものが少しだけ形を見せようとしている。

その傍らではサーミャが鎚《つち》を振るい、同じように形を作っていた。リケのと比べてはいけないのだろうが、そうでなければ悪くないように見える。

「筋が良いな」

「ですよね。手伝ってもらってきた影響ですかね」

サーミャは時々リケがやっている作業を手伝っている。ちょうど今みたいに、だ。

「そういえば、この三人だけで鍛冶《かじ》場にいるのも久しぶりか」

「あ、そうですね」

「なんかめっちゃ昔の気がする」

俺とリケの言葉に、手を止めたサーミャがあたりを見回して言った。

静かに、しっかりと音を上げる火床。それ以外には俺たちだけ、というのはディアナが来るよりも前以来の話だ。

「少しずつ増えていって、今があるんですねぇ」

「リケがうちの婆ちゃんみてぇ」

「なっ！　ちょっとサーミャ！」

そう言って怒ってみせるリケ。俺とサーミャが笑い、リケもつられて笑う。さて、ここから増えた家族のためにも、もうひと踏ん張りするか。


「そういえば、ここらの動物は冬ごもりするのか？」

夕食後のひととき、俺は茶を啜《すす》りながらサーミャに聞いた。生物学的な話が知りたかったのもあるが、そっちは「おまけ」みたいなもんで、気にしているのは、

「食料の確保が問題になるかなぁと思ってさ」

今現在、我が家の食料庫には十分な備蓄がある。家と食料庫を含めた複合的な防御施設として構築すれば、周囲からの補給がなくても一ヶ月ほどはなんとか耐えられるはずだ。武器の補充もできる設備が整っているし。まぁ、最後の方は大分悲惨なことになっているだろうが。

十分と言っても一〇人家族ともなれば、消費の激しさはそれなり以上なわけで、クルルはほとんど食べないし、ルーシーも成長分は魔力で補っているのか、思ったほどは食べない。

だが、それでも体格に応じての消費はあるのだ。

リケ、ヘレン、そしてアンネのよく食べる組もいれば尚更《なおさら》である。別に食わないほうがいいと思っているわけでもないが。

「うーん、ここらは寒くはなるけど、滅多に雪は降らないし、草なんかが埋もれたりするわけじゃないからな」

「ふむ。一応狩りはできそうか」

「だな。でも、あんまり出歩きはしないから多少苦労することにはなると思う。アタシは一人だったから、あんまり焦ったことはないけど、エイゾウに言われてみれば、人が増えたら必要そうだって思えてきたな。今のうちにちょっと多めにとってくるのはありじゃないか」

冬眠するほどではないが、動きは鈍るか。寒いと動いたときの消費カロリーは増える。前の世界の軍用レーションでも北欧のはかなりの高カロリーを誇っていたはずだし。

そうなると同じ距離を移動したとしても、摂取すべきカロリーは増えることになり、摂取するために動くと消費カロリーが、と効率が悪くなっていってしまう。人間がダイエットする場合（この世界ではあまり縁のない概念だろうが）には有効だが、野生の動物にとっては死活問題である。

「狼達は？」

「たまにいるけど、あいつらもあんまり動かないな。固まって寝てるところのほうをよく見る」

サーミヤが言うと、ガタンという音がディアナの方から聞こえてきた。その場面を見てみたいのはよく分かる。前の世界のキツネ村でモフモフのキツネが固まって寝ているところを思い出した。

「狼達の寝てるところは機会があれば見られるとして、少し多めに狩ったとしても食料庫はまだ空いてたよな？」

「空いてますよ。この間、芋を入れたときは十分そうでした」

答えたのはリディである。彼女は中庭にある畑担当でエルフの種からできる作物を収穫しては食料庫に運んでいるので、彼女が即答するなら大丈夫そうだな。

獣人たちの風習として「狩りの翌日はすぐに狩りには出ない」という決まりがある。あまり狩りすぎないようにするための配慮なのだろう。この広大な〝黒の森〟といえど、すべての獣人が毎日狩りをするようになれば動物の数は漸減していく。それを防ぐためなら仕方のない話だ。

だが、逆に言えば「間をあければ、また狩りに出ても良い」ということでもある。

サーミヤに確認すると、やはり「一週間に二回狩りに出ちゃダメという決まりはない」らしい。

本当にそのスパンで出ていくかはさておき、ストーブの製作とクロスボウの合間合間でこまめに行こうということになった。

その間もメインの俺とリケは鍛冶場に残って作業しているから、作業スピードが落ちすぎてマズいということもないだろう。多分。

「鹿も猪も、脂を蓄えてるんだろうなぁ……」

「あー、そうだな。動きが遅いのはそれもあるかもな」

脂肪というのは生命活動の維持にはなかなかに有効なやつなのである。あまりつきすぎたりすればよろしくないが、野生の鹿や猪にメタボの懸念はいらぬ心配というものだろう。

燻製器《くんせい》、という単語が頭をよぎった。ちょうどストーブを作っているし、改良すれば作れそうな気はする。しかし、これは鍛冶場組の手が空いたらだな……。

「とりあえず、そのへんは任せるから、行くのに良さそうな日があったら教えてくれ」

「わかった」

サーミャは大きく頷《うなず》く。俺はそれを見てから、茶を飲み干し、いつものように「先に寝る。おやすみ」と言い残して、自分の寝室に引っ込んだ。


少しずつ厳しくなっていく朝の冷え込みと、わずかばかり早くなっていく日の入りが、秋を終えて冬に入りつつあることを示していた。

まだベッドの布団に鹿の毛皮あたりを追加しようと思うほどではないが、いずれそうする日は近そうだ。

森の中の一軒家、気密という概念にはあまり縁がない。ある程度は隙間も塞《ふさ》がれているのだが、あちこちから気温の違う空気が流れ込んでくる。

まぁ、ストーブを使うにあたって酸欠状態にならなそうなのは朗報ではあるか。暖房の効率は悪くなってしまうが。

今日はそのストーブ作りを続けている。サーミャとリケが本体、俺が煙突。とりあえずは試作のようなものを作り、いつも飯を食べている居間の方で試すのだ。

ガンガン、カンカンと金属同士のぶつかりあう音が鍛冶場に響く。

「親方、ここなんですけど」

時折、リケに尋ねられて教える以外には静かなものだ。サーミャも俺が教えている横でふんふんと頷いているが、言葉は発しない。轟々《ごうごう》と炎が舞い上がり、再びカンカンと音が響く。

そんなときである。バタンと鍛冶場と家を繋《つな》ぐ扉が開いた。何事かと一瞬手を止めると、そこにいたのはディアナだった。

いや、ディアナだけではない。ディアナの横にいるのは、助けた頃と比べるとかなり大きくなってきたルーシーだ。

「ほら、見てみて」

ディアナはルーシーを前にそっと出した。明るい桃色のウェアを着せられて、尻尾《しっぽ》をパタパタさせている。ルーシーのドテラができたらしい。

「ルーシーのから作ったのか」

「小さいし、ハヤテと違って翼じゃないからね。練習にもちょうど良かったのよ」

「なるほど。ここは暑いから一旦そっちで見せてくれ」

「作業は？」

「頃合いだし、昼にしよう」

俺がそう言うと、サーミャとリケが頷き、仕事道具を置き場所に戻す。火は完全には落とさないようにして、鍛冶場の扉を閉めた。

肌寒いが天高い空の下、俺達は食事を広げていた。折角なので、クルルやハヤテにも見せてやりたいとの希望もあってのことだ。昼飯は炙《あぶ》った干し肉と焼き立て無発酵パン、スープにお茶というラインナップで、基本的に温かいものばかりなので肌寒さを凌《しの》ぐには十分である。鍛冶場組はちょっと前まで暑い中作業をしていたし。

ルーシーは尻尾をフリフリしながら肉を平らげると、あたりを走り回る。足をドテラにつけた紐《ひも》のループに通すようになっていて、走り回っても大きくズレることはなさそうだ。その後をクルルとハヤテが追いかける。

地からはクルルが、空からはハヤテだ。ルーシーは二人の追撃をフェイントも織り交ぜながら、巧みに躱《かわ》していく。片側にだけつけられた、花の形に切り抜いた飾り布の可愛《かわい》らしさと、それとは対照的な機敏な動き。

「最近は夕方にあんなのしてるのか？」

俺が夕飯の支度をしている間、家族のみんなは外で涼んだり、剣や弓の稽古《けいこ》をしたりしている。その時、うちの娘たちは追いかけっこなりして遊んでいるらしい。

前に時間に余裕があって見たときは、あそこまでではなく、本当にチビっ子達がおいかけっこしているような感じだったのだが。

「こないだアタイも追いかけっこに交じって、ルーシーを捕まえたんだよ」

そう言ったのはヘレンだ。〝迅雷《じんらい》〟の二つ名を持つ彼女の脚は非常に速い。前の世界でなら、さぞかし有名な陸上選手になったことだろう。人類未到の大記録を打ち立てたかもしれない。

その彼女に追われたら、この森で最速を誇る生物に数えていいだろう狼のルーシーも太刀打ちできなかったというわけだ。

それは幾度となくあった光景のはずなのだが。

「そしたらさあ、突然クルルとハヤテとあんな感じでやりだした。とりあえずアタイ達よりもあっちのほうが重要らしくて、あんまり遊んでくれないんだよな」

ヘレンは若干口を尖《とが》らせる。これではどっちが親かわかったものではない。俺は苦笑した。

「ヘレンを負かせる自信がついたらまたやってくれるだろ」

「ルーシーが勝てなかったら?」

「そりゃまた修行の日々だろうな」

「わざと負けようかな……」

「ルーシーは賢い子だからなあ。バレるんじゃないか?」

「ぐぬぬ……」

ヘレンはギリギリと歯ぎしりをした。まぁ、子が成長しようとしているのだ、親としては見守ってやろう。

「いずれ堂々と負かされる日が来るさ」

俺はそう言った。その時、ルーシーはどういう選択を取るのだろうか。もしこの家を去ることになったとしたら、それはとても寂しいことだが、同時に喜ばしいことだろう。

そう思いながら、地面を桃色の風のように駆け回るルーシーの姿を目で追った。

夕食を終えた後、俺達は居間の片隅に集まった。そこにはどでん、と四角い箱が鎮座している。箱は鋼鉄製で、四本の脚が生えていた。

箱からはパイプが伸びていて、その行く先は壁に空いた穴を経て外だ。

鎮座した箱は言うまでもなく完成したストーブである。パイプからの輻射熱《ふくしゃねつ》は居間に設置するストーブでは考えないことにした。ストーブにはちょっとした彫刻と、我がエイゾウ工房のマークが刻みこまれている。

ストーブの周りには柵《さく》も置いた。クルルは家には入れないから良いとして、ルーシーとハヤテが触れないようにだ。二人とも賢いからある程度理解はしているだろうが、念のためというやつである。

一瞬、前の世界で「ひどい火傷《やけど》にならないくらいの温度の時にわざと触らせる」という方法があったのを思い出したが、それはすぐに頭から振り払う。あまり物騒なことはしたくない。

ストーブの側には割った薪が積まれていて、その分少しだけ居間が狭くなっているが、日々の生活に影響するほどではない。元々それなりに広いからな……。

うちの薪――というか、木材は乾くのが速い。普通よりかなり速いことを知ったのはつい最近の話だ。

居間に設置する前、正真正銘ただの箱と言っていいくらいのときに、試しに薪を入れて燃やしてみたのだが、そのときにリケがボソッと呟《つぶや》いた一言がきっかけである。

「いつも思うんですが、〝黒の森〟の木は乾くのが速いですねぇ」

その言葉に、俺とサーミャは目を丸くした。長くても一ヶ月くらいで乾くのが普通だと思っていたからだ。実際に庭の片隅に転がしてある伐採した（獲物の運搬台をバラしたものも含まれるが）木材はそれくらいか、もう少し短いくらいで乾燥していたので、建材だの燃料だのに使っている。

家族が住んでいる部屋は建て増ししたので、全てそういった木材でできている。クルルとルーシー、ハヤテのいる小屋もそうだ。

「えっ、そうなのか……？」

驚きながらも、おずおずと聞いたのはサーミャだった。俺は上手く声が出せないでいた。

「あれ、知らなかった？」

リケがサーミャに言った言葉に、俺とサーミャが揃《そろ》って頭をブンブンと縦に振る。

「普通は早くても半年、大体一年とかそれくらいはかかるわよ」

「そうですね」

ため息をつきながらディアナが言って、リディが引き取る。ディアナが知っているのはなぜなのかはさておき、リディも言っているということは、

「アタイはてっきり分かってるもんだと思ってた」

「同じく」

ディアナのようにため息をつくヘレンとアンネ。知らぬは俺とサーミャだけだったようだ。

家族のみんなに聞いてみると、俺とサーミャ以外は「これは〝黒の森〟だからだな」と思っていたようである。俺とサーミャは「切り出した木」はここのしか知らないので「木とは押しなべてこういうものだ」――俺の場合はこの世界の、が頭につくが――と思い込んでいただけなのだが、何も言わないので皆は「当たり前すぎて言わないのだろう」と思っていたらしい。大きな誤解である。

とりあえず薪をストーブに放り込んで魔法で着火し、パチパチと爆《は》ぜる音が静かに響き始めると、自然と乾くのが速いのはなぜかという話になった。乾燥が速くて曲がりや歪《ゆが》みが大きくなるということもないし、燃やした時にやたら煤《すす》が出るということもないみたいなので困ることは何一つ無いのだが、分からないのは収まりが悪いような心地になるからだろう。俺もその一人だが。

雨が少ないからか？　いやいや、それならば街でもそう変わりないだろう、他に速いところはどこだろうか、帝国は比較的速かったけど、この森ほどじゃないわねぇなどと話していると、

「おそらく、この森の樹木は生長に魔力も併用しているんじゃないでしょうか」

と、リディが言った。

「クルルやルーシーみたいに魔力を併用していれば、水や養分が少なくても大きく育つのは不思議じゃないわね」

「水が少ないから、乾くのも速いってことね」

ディアナが言って、アンネが続き、リディは頷く。

遠くに山はあるものの、平原の真ん中と言っていい場所に広大な森があるのも何かおかしいなとは思っていたのだ。一番の問題は、雨季があるにしても森の規模に比して降雨量は大したことがな

いことだ。俺は湖で湧く以外に伏流水などがあって、そのおかげで木々がここまで広がったのだろうと推測していた。

実際に掘れば井戸は湧くし、温泉も出た。排水できるところもあるし、そうおかしな推測でもないと思っていたのだが。それでも忌避されるうちの魔力よ……ん？　まてよ？

「畑の作物が普通……と言ってもエルフの作物での普通だけど、とにかく特に枯れたりしないのはなんでだろう？」

畑はうちの中庭にある。ある意味一番魔力が濃いところにあるはずなのだ。エルフの作物は魔力があることで生長が速くなり、年に数度の収穫ができるものすらある。

エルフの森以外で育てると普通の作物と変わりなくなってしまうのは、魔力の有無の違いだと、リディが言っていた。

「私達エルフと同じで、無尽蔵に吸収しているわけではないから、というのも考えられますね」

エルフは生命の維持に魔力を必要とする。街や都でエルフをほとんど見かけないのはこれが理由だ。エルフのリディも故郷の森を追われたあと、都などではなくうちに来たのは魔力のことがあってである。

そして、魔力の濃い〝黒の森〟にあって更に濃いうちにいても、リディが「魔力酔い」のようなことにならないのは、魔力をガンガン吸い上げたりしているわけではないから、だそうである。

エルフの作物も意思があるわけではないだろうが、何らかの仕組みで一定以上の魔力を吸収しないようにしているなら、普通に育ってもおかしくはない。

「ふむ……」

俺は顎《あご》に手を当てて唸《うな》った。ん？　あれ？　なんだか、鍛冶場《かじば》にいるような気になってきたな……。

「あ、そうか」

くるりと見回すと、自分はここにいると言わんばかりにストーブが熱を放ちはじめている。それで俺のところまで暖かい空気がやってきて、火床に火を入れたときのように感じたようだ。

「おおー、ちゃんと暖かいな」

「いいわね、これ」

あまり寒さには強くないらしいディアナが、俺の横に来てストーブに手をかざす。

「あんまり近づきすぎるなよ」

「分かってるわよ」

そう言うディアナに小さく苦笑しながら、開いたストーブの口に薪というご飯を入れてやった。


「それじゃ行ってくる」

「行ってらっしゃい」

出かける準備を整えたサーミャ達を、家の出口から見送る。彼女達は今から狩りに出るのだ。

メンバーは俺とリケ以外の全員で、クルルにルーシー、ハヤテも同行する。

ハヤテは少し迷ったのだが、さしあたって連絡すべきことも無いので、同行させて何かあれば手紙をつける、つけないによらず、ここへ帰すように言ってある。

ハヤテが帰ってきて手紙がなければ、最後に放たれたところへ俺（とリケ）が急行する手筈《てはず》である。万が一その場に留まっていなくとも、探す範囲は多少絞られるので、全くのノーヒントよりはマシだ。

最悪の場合はリュイサさんに頼って居場所を教えてもらったりすることも検討するが、それは最後の手段にとっておきたい。

彼女とは特に敵対はしていないどころか、友好度で言えばかなり上位だが、なにせ人間の想像と力の及ぶ外にいる存在だ。借りをあまり作らない方が得策だろうと考えている。今のところ貸しの方が多いような気がするから、その辺りを盾に取ることはできるだろうけど。

まぁ、何か危険な目にあうとしたら、サーミャ達よりも俺達だろうが。何せ戦力差がすごいからな……。

やはり砦化《とりで》を考えたほうがいいかな。負傷させるような罠《わな》とまでは言わずとも、不意に近づくと侵入者に警告を与えるようなものか、仕掛けで家に警報を発報するようなものがあったほうが良いだろうか。この辺は追々考えるとしよう。

狩りの最中、ハヤテは普段はクルルの背中に留まっているらしい。クルルは狩った獲物を運ぶときに大活躍をする。基本狩りの道具は各々が持っているので、道中でクルルが持たされるような荷物は存在しない。

それでだろう、移動中のハヤテのお気に入りプレイスはクルルの背中で、揺られながらのんびりくつろいでいるらしい。人間の年齢になおせば一番年上のはずだが、妹に甘えてはいけないこともないからな。一番身体が大きいのはクルルだし。

クルルの背中以外ではアンネの肩か頭に留まることが多いと聞いた。背がかなり高いからだろうと思う。この話をしたとき、重くないのかアンネに聞いてみたが「多少の重みはあるけど全然」とのことだったし、本人も少し嬉《うれ》しそうなので注意することもないと思って何も言ってない。

クルルは素早い動きで勢子《せこ》としても優秀らしい。その間はハヤテの休憩所としての役目はなしだ。ハヤテも樹上に上がってあれこれ鳴いているそうなので、俺達には分からない「娘たちだけに通じる言葉」で指示をしている……というのがサーミャの推測だ。

ルーシーもかなり大きくなってきて、狩りでも活躍の場が増えているようだ。魔物化している影響らしいのだがかなり賢く、猟犬はときに獲物に文字通り「食いつく」ことがあるが、ルーシーはそういったことを全くせずに獲物の動きを封じたら、それ以上のことは言われるまでしないそうである。

このあたりはディアナが目尻《めじり》を下げながら力説していた。

うちのすぐそばにはあまり動物たちが近寄らない。魔力が濃いゆえで、少し間違えばルーシーと同じく魔物化してしまうリスクがあることを自然と理解しているのだろう。

その代わりなのかどうかは知らないが、多少魔力の少ない温泉の方にはよく動物が来る。正確には湯殿には入れないようにしているので、排水用の池にだが。

そこには狼や猪、鹿はもちろん、狸《たぬき》に虎もやってくる。小さい方ではリスや小鳥たちも浅いところで水浴びをしているのを見かけるので、今のところ熊以外にこの森でよく見かける動物は一通り見かけたことになる。

　前の世界のテレビ番組ではジャングルの中の監視小屋に滞在して、虎だと騒いだ挙げ句が鹿だったとかあるが、ここではそんなこともなく色んな動物が白昼堂々見放題というわけだ。

　ちなみにメインは池が溢《あふ》れたりしていないかのチェックであって、湯に浸かっている動物を見てほっこりすることではない。断じて。

　池にいる動物たちは狩りでは狙わない、というのがうちの家族の暗黙の了解になっていた。やっていることに大差ないと言われても、くつろいでるところを仕留めるのは気が引けるしな。

　そんなわけで、時々こっちを振り返る娘三人の姿が森の木々に覆い隠されるまで、俺とリケは手を振った。

◇◇◇

　数日後、俺達はテラスの外にテーブルを運び出して、屋外で夕食をとっていた。

　これからはもっと寒くなり、これをするには厳しい季節になっていく。なので、できるうちにやり納めをしておこうというわけである。

　今日は畑でとれた野菜もふんだんに使っている。生野菜、というわけにはいかないが、温野菜にワインビネガー（わざわざ買ったわけではなく、新しくワインを買ったときに残りで作った）を使ったドレッシングをかけたのも用意した。

あとは猪肉や鹿肉のソテーに芋やニンジンっぽいのを湯がいて付け合わせにしたり、だ。

いつもは魔法の明かりと焚き火《たび》が一つきりだが、今日は焚き火を二つに増やしてある。だからというわけでもないが、まだ調理していない、串《くし》を刺して塩コショウしただけの肉も用意しておいた。適当に炙《あぶ》って食うのもたまには良いかなと思ったのだ。

そこにワインと火酒があれば、ささやかだが十分なごちそうである。

乾杯の声が、澄み渡り、星々がさんざめく夜空の下行われる小さな収穫祭に響く。いつもなら家族だけの小ぢんまり——と言っても総勢一〇名の大所帯でもあるが——とした宴《うたげ》に、今日はゲストがいた。

「北方風の味のものは、はじめて食べたが美味《おい》しいな！　これ！」

そう言って大層ご機嫌に肉を頬張り、ワインを呑《の》んでいるのはリュイサさんだ。彼女は樹木精霊《ドライアド》であり、この世界の根幹の一つである〝大地の竜〟に繋《つな》がる存在であり、この〝黒の森〟の主のような存在である。

「喜んでいただけるのは嬉しいんですが、その……大丈夫なんですか？」

俺は思わずそう言った。この森の自然の頂点とも言えるリュイサさんが、この森でとれたもの（ワインは違うけど）に舌鼓を打っている姿には若干の違和感を覚えないでもなかったからである。

だが、彼女はキョトンと目を丸くしている。

「え？　なにが？」

「いや、出しておいて言うのもなんですが、その肉って、この森の動物のものなわけですけど良かったのかなと」

「ああ」

リュイサさんはニッコリと微笑《ほほえ》んだ。「慈母の微笑」というタイトルで絵を描けと言われたら、今の彼女をモデルにするかもしれない。

「こうして捕らえられて、食べられるのは自然の営みの一つだろう？　エイゾウが気にすることはなかろう」

「それなら良いんですが」

俺は苦笑した。聞きたかったのはそこではないのだが、本人が良いと言うなら気にしないようにしておこう。

そしてその傍らで、

「ほわぁ」

と声を上げたのは小さな、人形のような姿。妖精族《ようせい》の長であるジゼルさんだ。炙ったばかりの肉をディアナに切り分けてもらい、頬張ったところのようである。

「こういうのは普段食べないので……」

クスリと笑ったディアナに向かって、照れくさそうにジゼルさんは言った。体が小さいから、捕まえたとしてウサギあたりが限度だろうし、猪や鹿の肉にはあまり縁がないだろう。以前うちに来たときにも食事は出したが、それとはまた違ったものだし。喜んでくれているなら出したかいがある。

二人がなぜいるのかというと、リュイサさんは温泉に来たついでに立ち寄ったところ、ジゼルさんは連絡がないかと確認に来たところで、丁度俺達が準備をしているところに出くわし、そのまま誘ったのだ。

最初ジゼルさんは「いえいえ、悪いですし」と遠慮していたが、十分に量があることと、そもそもジゼルさんは身体の大きさ的にもそんなに食べないでしょうと説得すると興味はあったのか、あっさり参加を決めてくれた。

リュイサさんは俺達が誘うより前に、何の準備か説明した時点で参加を決めていた。準備を手伝ってくれたけど。

やはり、森の動物達も冬支度をはじめているらしい。リュイサさんが温泉に来たのはその見回りのついでだったのだそうだ。本人曰《いわ》くは、だが。

ジゼルさんも同じように、植物たちの様子を見るついでに連絡板を見に来てくれたらしい。最近はあの奇病が発生することはなく、リージャさんもディーピカさんも健康に過ごしているそうだ。

「全ての命が他の生命によらず生きていければ良いんでしょうが、そうはいかないですからね。それはそれとして、いただくものに感謝するのはとても良いことだと思います」

ふんわりとお人形さんのようなジゼルさんが笑った。なんだか彼女のほうが〝黒の森〟の主っぽいなと、失礼なことを内心思ってしまう。

こうして、期せずしてこの森での一番重要な客を迎えた収穫祭は、焚き火の火が消えるまで続いた。

◇◇◇

そして数日が過ぎた。物自体はシンプルなのが功を奏してか、ストーブは十分に揃《そろ》い、熱を伝えるための煙突も巡らせてある。

居間に大きめのが一つ（これは最初に完成したやつだ）あり、俺の部屋にも一つ、これは客間も暖めるようになっている。もちろん、色んな意味で客に火を扱わせるわけにはいかないからだ。

ディアナ達のはディアナの部屋に一つ置くことになった。一番寒がりなのは彼女だったからだ。ディアナ、サーミャ、リケの部屋を暖める。

比較的寒いのに慣れている三人のは、アンネの部屋に置くことになった。

リディは森で暮らしていたし、ヘレンは傭兵《ようへい》ということもあって厳しめの環境にも耐性がある（と言葉は違うが言っていた）ので、帝国がここよりやや寒冷な気候だと言っても、そこは皇女様ということもあってアンネの部屋になったのだ。本人は「気にしないのに」と言っていたが、家では暖炉もあったと言うし、あったほうが良かろうという結論になった。

期せずして、うちでは身分の高い二人……そう思われている、ということであれば俺も含めて、居間に置いてあるものを除いては全て身分の高い（高かった）人間の部屋に設置されたことになる。

ディアナもアンネもなんか少しワクワクしているみたいなので、それならそれで良かったかもしれない。

クルルたちの小屋にストーブを設置することについては意見が割れた。

まず、ストーブの設置には危険が伴うので見送ろうという意見。

そして、それはそれとして、寒いのはかわいそうだ、との意見。

どちらの意見も大いに理解できるのだが、結論としては小屋にストーブを置かないことになった。

やはり危険であるほうを重要視したのだ。

これで我が〝エイゾウ工房〟の冬支度が進んできた。クルルたちの小屋には、何か安全に暖をとれる方法を考えてやらないといけないが、この世界での初めての冬はどんなだろうか、俺は不安とワクワクを半分半分に感じながら、日々を過ごしていった。

2章 〝黒の森〟の冬

「前に作らないとは仰《おっしゃ》ってましたけど、鎧《よろい》は作らないんですか？」

「鎧なぁ……」

一通りの冬支度を終えたある日、いつもの作業のとき、俺にリケが聞いてきた。

俺は手を止めずに答えた。

「ヘレンのは家族だし作ったけど、やっぱりありゃあ時間がかかりすぎる」

日用品を作らないのは他の鍛冶屋《かじや》の商売敵になる機会をいたずらに増やしたくないからだが、鎧を作らないのは単純に手間の問題だ。

要所要所を覆うだけの、ただの鉄板のようなものでいい（それこそビキニアーマーのようなもの）ならどうとでもなるが、そうもいかない。身体《からだ》の動きを阻害せず、しかして致命箇所は守らなければいけないとなると、チートによってほぼ一発で形を作れるとしてもそれなりの時間をかける必要がある。

それも、作れるのは板金の部分だけで、そこに鎖帷子《かたびら》もとなると、チートを以《もっ》てしても一ヶ月で出来るかどうかといったくらいではなかろうか。

あれ、輪っかを一つ一つ作った上で、それを繋いでいかないとダメなんだよな……。

そして、そうまでしても作れるのはたった一人分なのだ。最初に作ったものがナイフや剣だったせいなのか、はたまた前の世界の職業ゆえか、なるべくなら大勢の人に自分の製品を使ってもらいたいという思いが強い。

二度目の人生で若返っているとは言え、いつまでも出来るものでもないだろう。一〇年も経《た》てば前の世界の身体年齢に追いついてしまうし。

もう少し若い年齢であれば良かっただろうか、と思うこともないではないが、それなり以上の腕前の鍛冶屋となれば、二〇代そこそこでは天才にもほどがあって怪しすぎるだろう。

今でも十分すぎるくらい怪しいのに。

「親方の作る鎧、一度はどうしても見ておきたいところですけど、ダメですか？」

「よほど珍しい素材でも入手できればかな……」

例えばアダマンタイトにヒヒイロカネはうちにあるが、もっと硬さだけが突出したような、イメージとして剣にはしにくそうな素材が手に入ったら、だな。

「うーん、残念」

心底がっかりしたように言うリケの肩をポンポンと軽く叩《たた》く。鍛冶場には今、他に誰もいない。サーミャ達は今日も狩りに出ている。とは言っても、肉は十分に得たので半分は休みみたいなものので、どちらかと言えばパトロールに近いことをしてくると、サーミャが言っていた。

前の世界でも冬眠し損ねた熊は凶暴であるという話があった。実際にそれで大きな被害が出た事件も発生している。

サーミャ達がやるのはその兆候がないかのチェックらしい。やけにあちこちをうろついている足跡がないかや、変に食い散らかされている跡がないかだ。

前者の足跡のトレースはサーミャが得意なのはもちろん、ヘレンも傭兵の嗜《たしな》みとでも言おうか、「最近は獣のも分かるようになってきた」そうである。

そのうち野伏《レンジャー》にもなれるんじゃないか。脳内に前の世界のゲーム風にジョブチェンジしたヘレンの姿が思い浮かんで、俺は頭を振ってそれを追いやる。

後者はリディも分かるらしい。「森の危険、という意味ではあそこも同じですからね」とのことだった。あそことはリディ達が住んでいた森だ。

この〝黒の森〟がここらでは一番危険な場所らしいが、どこだろうと森である時点で、ある程度危険なことには変わりない。ここに住んでると色々忘れそうになるけど。

何せ〝黒の森〟の主認定の「最強戦力」らしいからな。鍛冶屋の身でそれもどうなのかと甚だ遺憾に感じる部分はあるが。

ともあれ、そうやって森の危険度を探りつつ、もしこの時期にとれる木の実や薬になる植物があれば、それを採集してくるという重大な任務を今、サーミャ達は行っているわけである。

……娘三人はピクニックくらいに思ってそうだけど。

森の中を白い息を吐いて走り回る娘達の姿を思い浮かべながら、俺は再び自分の作業に戻った。

うちの防備を固めるにあたって、今必要そうな武器は何か。

近接しての戦闘、となると、それはもうみんな自分の得物があるから不要だ。

となれば、遠距離を攻撃できるものになる。それも、戦闘に慣れていない人でも比較的容易に扱えるものが望ましいだろう。

うちだとリケが容易に扱えるような武器がいい。彼女に近接戦闘をやらせるわけにはいかないが、遠距離から先手を打って攻撃できるし、援護も可能になる。

リケが扱えるなら、家族の誰でも扱えるはずだ。そして、力の強弱や、身体の大小、あるいは扱いの丁寧さでそれぞれに合わせたものを用意できるとなお良い。

「ようし、やっとクロスボウに取りかかれるな」

クロスボウには可能であればもう少し早くに取りかかりたいところだったが、生活必需品であるところのストーブと、有事には必要だが今すぐに必要とは言い難いクロスボウとでは優先度が違う。だが、いつまでも作らないでいることもできないので、いよいよ取りかかるわけだ。

クロスボウの機構は、ものすごく乱暴に言ってしまうと、張った弓の弦につっかえ棒を立てておき、それを取り外せば矢が放たれる、というものである。

適当な機構では思った通りの動きにはなってくれないので、実際に組み込む機構は、中心を固定した円盤の一部が凹字に欠けていて、そこに張った弦を引っかける。

もちろん、そのままでは弦のテンションで円盤がくるりと回ってしまい、すぐに矢が放たれてしまう。

なので、凹字の反対側に切り欠きを作り、回転を抑えるように別の部品を組み合わせ、その部品が動くと抑えられていた回転が弦のテンションで行われ、同時に切り欠きに引っかかっていた弦が解放されて矢が放たれる、という仕組みにする。

動く部品、というのが銃にも存在する引き金に当たる部分だ。逆鉤《さかは》と連動して固定された撃鉄を解放するあたりもよく似ている。

引き金は引いた後、元の位置に復帰させなければいけない。単純には引張コイルばねあたりを使うのだろうが、今回はUの字にした板バネにする。

前の世界では火縄銃についていて、形状から松葉金や毛抜き金、あるいは弾《はじ》き金《がね》と呼ばれるのと似たようなものである。

実用的なコイルばねは今のこの世界から言うともう少し先の技術になるからだ。前の世界ではあの大天才、レオナルド・ダ・ビンチがスケッチに残しているというから、同様の天才が現れればその時間は早まるだろう。

だが、俺がダ・ビンチになるつもりはあんまりない。元になる技術はかなり昔から存在していた——それこそ弓もある意味そうと言える——板バネの応用でのサスペンションがギリギリのラインだと考えている。

それで言えば、渦巻きバネの一形態であるゼンマイもギリギリOKかもと思っているのだが、今のところ、こちらは使う場面がないので、出番はしばらく来ないだろう。

ゼンマイ動力を使ってやりたいことって、ルーシーのおもちゃくらいしか思いつかないしな……。

そして、引き金は細いのがにゅっとした、引き金と聞いて思い浮かべる形状ではなく、レバー型のものにした。

いわゆる機関部と言われるものの部品をコツコツと作っていく。チートのおかげでスムーズに作業は進む。剣や刀のような製品そのものでなくとも、助けを得られるのは心強い。

まぁ、剣も刀も一人で作るには部品を作る必要があるので、〝もののついで〟として手助けしてくれているのかもしれないが。

鎚《つち》で叩くだけでなく、時折タガネで切り落とすといった作業を終えたら、それぞれを組み合わせる。軸の代わりに釘《くぎ》、固定先はただの木の板だ。とりあえず動作を確認するだけならこれでも問題なかろう。

「試すんですか?」

「ああ。見るか?」

「もちろん!」

様子を窺《うかが》っていたらしいリケが勢いよく答える。クルルたちがいたら何事かと様子を見に来たであろうことは間違いない。

円盤には凹字の切り欠きがあり、それが上を向いている。反対側は冂の形に切り欠かれ、そこにはまるように引き金となるレバーの先端が回転を抑えていた。

レバー先端の下にはへアピン状の板バネが敷かれていて、テンションでレバー先端を押し上げ、後端は軸を中心に押し下げられている。

俺は円盤の凹字に指をかけて、前にテンションをかける。せっかくなので、レバーの操作はリケにやってもらうことにした。

「いいんですか？」

「動きを見るだけだし、問題ないよ。やってくれ」

「わかりました。では」

恐る恐る、リケがレバー後端を押し上げた。レバー先端が下がり、板バネを圧縮する。

先端が円盤から外れると、抑えられていた回転がくるんと始まり、凹字の切り欠きが前を向いた。

これが弓の弦であれば、この時点で解放され矢が放たれることになる。

下がったレバー先端の上には、円盤の一部が乗っかるように少しだけ入り込む。

俺は円盤にかけていた指を離し、リケを促してレバーから手を放して貰《もら》うと、板バネのテンションでレバー先端が上昇し、何の力もかかっていなかった円盤はレバー先端に押されて、凹字の切り欠きが上になるように回転する。

すると、円盤とレバー先端は再び噛《か》み合い、固定された。これで最初の状態に戻ったことになる。

実際にクロスボウとして運用する場合は、この後もう一度弓の弦を切り欠きに入るように張り、矢（専用の太矢だ）をつがえて、発射準備完了ということになる。

「上手《うま》くいってますね」

「うん、あとは実際に組んでみてちゃんと動いてくれるかだな」

こうやって試したときは上手くいっていても、実際に組んでみるとあれやこれやで上手くいかない、なんてことは普通にありえる話だからな。

前の世界でも開発中は上手くいっていたのに、いざ本番になると思った動作にならなくて難儀したことは一度や二度ではない。

俺はそうなりませんように、と祈りながら、仮に組んだ機構を本番に移すべく、取り外していった。

クロスボウで一番大事な部分が機関部であることは間違いないと思っているが、機関部と弓の部分を繋ぎ、直接身体に押し当て構えるための台座――銃で言えば銃床に当たる部分も大事になってくるだろう。

ここを上手く作らないと、狙ったところに飛ばない、なんてことにもなりかねない。ある程度の誤差は許容されるのも事実ではあるが、前の世界でウィリアム・テルが息子の頭の上においたリンゴを射抜いたのもクロスボウである。

つまり、それなりの精度を持たせることは可能だということだ。まぁ、「一射目を外して息子を射殺すことになっていたら、二射目でお前を殺すつもりだった」と言っているように、確実なものではなかったのも確かだが。

ともあれ、台座というか銃床は鎚でトンカンやる部分ではない。鍛冶のチートが有効でない可能性は十分にある。生産することにもチートは働くのだが、鍛冶に比べると数段劣るのが実情だ。

例えば、もし家具を作ることになったとき（実際何回か作っているが）、俺もある程度のものは作れる。「これなら金を貰ってもいいかな」と思える程度のものが。

しかし、戦闘ではヘレンのほうが上だし、料理ではサンドロのおやっさんのほうが上なように、世間には俺が作るもの以上の家具を作れる人間が存在していて、俺はその人には敵《かな》わないだろう。だが、それを気に病んで腐っていてもしょうがない。うちの家族の中ではガッチリはしていても小さい方であるリケの身体に合わせつつ、ある程度は他の家族でも使えるような大きさというところで作っていこう。

クロスボウは大量生産の予定はない。もし、一〇台二〇台と作るのであれば治具《じぐ》を作って同じものを生産できるようにするところだが、そうではないのでチートの助けを得て寸法はいわゆる「現物合わせ」で行う。

最初に全体の大きさを決める。リケの肩に床尾になる部分を当て、構えをとってもらう。前の世界でちょっとだけサバイバルゲームに興じていたこともあり、狙撃銃風の構えをさせてしまったが、近しいから大丈夫だろう。

構えたときの腕の位置を板に軽く刻んで、それよりもほんの僅《わず》かだけ大きめに作ることにした。リケには少しだけ大きくなるが、他の家族には窮屈でない程度の大きさだ。

板に機関部をあてがう。おおよその位置を見るためだ。特にレバーを変な位置に持ってきてしまうと、射撃どころではなくなるので、慎重に決めておきたい。

レバーが銃床に沿うように配置し、大きさの見当をつけ、構えた時の目印から形の見当をつける。あとは切って加工だ。

こういうとき、糸鋸《いとのこ》があれば細かく切れるのだろうが、ないのでナイフで大まかに切ってから整えることになる。今後出番があるだろうし、糸鋸も作っておこうかな……。

使うナイフはもちろん、愛用の〝よく切れる〟ナイフだ。それとチートのおかげで、加工自体はスムーズに進んでいく。

やがて、知る人が見れば上が平らな銃床とでも言うべきものが出来上がった。いやまぁ用途的にはまさしく銃床と同じなのだけど。

そこまでで一度リケに構えてもらう。

「大きさはどうだ？」

「ちょっとだけ大きいですけど、構えるのが大変とかはないですね」

「重さは？」

「ここに色々載っかるとして、リディさんでもいけるんじゃないでしょうか」

「じゃあ大丈夫か。とは言え、ああ見えて割と力あるからな……」

身体は華奢《きゃしゃ》でいかにもエルフといった佇《たたず》まいのリディだが、畑仕事をこなし、結構強い弓を扱うところからも分かるように、力が弱いわけではない。

剣が達者だったり、巨人族だったりドワーフだったり獣人だったり、はたまた筋力が不思議な存在によって増強されていたりと周りが「強すぎる」というだけで、おそらく平均から見れば筋力が強い方ではあるのだ。

「それ、リディさんに言っておきましょうか」

「それだけは勘弁してくれ」

ニヤリと笑うリケに、俺は苦笑を返した。うちの家族で誰を怒らせてはいけないかという話になったら、ダントツでリディの名前が挙がるだろう。そのランキングの開催自体、怒りを買うので出来っこないのだが。

「本人が気にしてる様子はないけど、触らぬ神に祟《たた》りなしだ」

「それは北方の？」

「そうだな。余計なことをしなければ厄介事を抱え込むこともない、って意味だよ」

「なるほど」

そう言って今度は朗らかに笑うリケ。俺は何か言い返してやろうかと思ったが、それこそ「触らぬ神」であることに気がついて、銃床に機関部を組み込むべく、自分の作業に戻る。

機関部を組み込めるようにするため、彫ったり削ったりを繰り返していると、カランコロンと鳴子が鳴った。

「もうそんな時間か」

作業の合間に昼食を挟んだことは覚えているが、それ以降は自分の作業に集中してしまっていた。窓から外を見てみると、日が落ち始めていた。もうすっかり冬の様相なので、夏と比べれば早いのも当然ではあるのだが。

完全にリケをほったらかしにしていたことに気がつき、彼女の様子を窺ってみると、かなりの数のナイフが出来上がっていた。

「おお、凄《すご》いじゃないか」

俺はリケに目で確認を取ると、彼女は頷《うなず》いた。並べてあるナイフの一本を手に取る。見てみると、魔力を籠《こ》めることで、スピードを上げた分のばらつき（みたいなもの）を抑えてある。一般モデルとしてなら十分すぎる出来だ。

リケは少し眉根《まゆね》を寄せた。

「いえ、親方みたいに実力だけで仕上げられるようにならないと。これは小手先もありますから」

「ナイフとしては十分使えるし、卸に回すけど良いか？」

「ええ、それはもちろん」

リケは微笑《ほほえ》みながら頷いた。ドワーフという種族によるものか、もしくはリケだからなのか、この辺の覚えが早い。仕上げるスピードもかなりあがっているように思う。

「師匠が良いからですよ」

「いやぁ……」

俺は頭を掻《か》いた。基本、見取り稽古《けいこ》しかさせていない――というか、チートによる部分は教えようがなくてできないのだが――ので、忸怩《じくじ》たる思いだ。

「魔力の扱いもかなりできるようになってきたみたいだな」

「いえ、実は今のところ、それくらいが限界で……」

今度はリケが頭を掻いた。リケは最近もちょっとした時間にリディから魔力の手ほどきを受けていた。魔力や魔法について学ぼうとしているのは今のところリケだけで、他のお嬢さんがたはもっぱら剣のほうが大事らしい。

「リディが言うには積み重ねだそうだし、焦らずやっていこう」

「そうですね」

リケがそう言ったところでガチャリと鍛冶場《かじ》と家の間の扉が開いた。

「ただいま」

「おう、おかえり。みんなも」

最初に入ってきたのはサーミャだ。ディアナとリディの姿が無いが、ディアナは娘たちとまだ外に、リディは畑の様子を見に行ったらしい。

「どうだった?」

俺がサーミャに聞くと、やや思案顔である。

「どうした? なんか悪いことでもあったか?」

「いや、そうでもないんだけど……」

サーミャにしては歯切れが悪い。促してみると、あちこちの兆候から、今年は少し寒さが厳しくなりそうということのようだ。

それは果実の実りかたであったり、うろついている動物たちの様子であったり、俺や他の家族では分からないところからの判断らしい。

リディも同意していた、とアンネがいつの間にか自分で淹《い》れた茶を飲みながら言っていたので、確実と言っていいのだろうな。

「ストーブが活躍する感じか」

俺が言うと、サーミャは頷いた。

「もう何回か様子は見に行くけど、まぁ、あって良かったと思うことになるはず」

せっかく作ったので役に立ってほしいのは確かなのだが、大活躍！　となるときはつまりエラく寒いときだということなので、手放しで喜べるもんでもないな。

「とりあえず、薪《まき》なんかは数を確保しよう。場合によってはカミロのとこへの納品を減らしてもいい。あんまり寒いならどのみち遠くまでは運べないだろうし、それくらいならもう大分売ってきているはずだ」

道が凍るところまでいくかはわからないが、もしそうなれば馬車での往来は絶望的だろう。あの街での商売、ということになるが、今まで卸してきた数量を考えると売れ行きにはあまり期待できそうもない。

俺の言葉に、リケを含むみんなが頷いた。冬支度はすっかり済んだと思っていたが、まだやることは残っていたらしい。

そういえば、ヘレンが静かだなと思っていると、彼女はチラチラと何かを見ていた。何かとはもちろんクロスボウの銃床部分である。まだ機関部を組み込むには至っていないが、単体で構えるには十分なそれが気になっているらしい。

「いいぞ、構えても」

ヘレンは少し身をすくませた。視線が恐る恐る俺の方に移動してくる。目が合ったので、俺は頷いて促してやる。

「そ、それじゃあ」

　そう言って、ヘレンはゆっくりと構える。リケには少し大きめにしてあるが、俺より身長がやや高いヘレンだと思っていたとおり小さいようで、腕を縮めるようにして構えている。

「どうだ？」

「ちょい窮屈だけど、構えられないこともないし、いいと思う」

　僅かに上半身を屈《かが》めていたヘレンは身を起こした。

「ふむ。ヘレンで扱えるなら俺たちでも平気だな」

「じゃあ、私も試してみようかしら」

　次に立候補したのはアンネだ。うちで一番大きな巨人族の彼女が扱えそうなら、うちの家族で扱えない者はいないことになる。腕前はさておき。

　アンネはヘレンよりもさらに腕を縮めているが、ギリギリなんとかなりそうだ。

　俺が言うのは気が引けるが、彼女は大きいのでそれが邪魔になったりしないかと思ったが、そんなこともなかった。

　これなら、うちの家族は大丈夫だな。俺はそう思ったが、結局のところ、サーミャもやると言いだし、外から戻ってきたディアナやリディも試したいと、構えてみたりしたので、全員が試すことになったのだった。

◇　◇　◇

翌日。リケが納品物のナイフを頑張ってくれたこともあって、少し時間が稼げたので、俺は今日もクロスボウに専念させてもらうことにした。

サーミャ達、普段狩りに出ている組は今日も外を回ってくるらしい。パトロールと、今日は薪や焚《た》き付《つ》けに使えそうな枝があれば回収してきてくれるように頼んである。

普段、俺が森の中をついて行くときも、あちこちに枝が落ちていた。いつもは事足りているし、他に目的もあるので拾ったりはしないのだが、手分けして拾えば結構な量になるはずだ。

今日はクルルも背中に載せるものが多くて機嫌が良くなるかもしれない。ハヤテは少し乗る場所を考えないといけないだろうが。

「行ってらっしゃい」

『いってきまーす』

皆の声に「クルルル」「ワンワン！」「キュー」と娘達の声も加わる。森の中に皆の姿が消えていくのを見送って、俺とリケは家に引っ込んだ。

今日はある程度仕上げにかかっていく。機関部を組み込んで、弓を取り付けるところまでだ。

機関部の組み込みはもう少し削りこんで、機関部をピンで留めれば完了になる。

本当はネジ止めにでも出来れば良いのだろうが、原理はともかくおいそれと使えるようなものでもない。

前の世界でもよく使われるようになったのは、旋盤が出来て精度の良いものをたくさん作れるようになってからみたいだし。

ピンの先を少し潰《つぶ》して、簡単には抜けないようにすれば特に問題は無かろう。

何度か機関部になるところを当てて様子を見て、銃床を削り、当てて様子を見て削り、と繰り返す。

やがて、弓の弦を引っかけるところ、レバー、バネの全てが綺麗《きれい》に収まるようになった。

ここまで来たら、後は弓といくつかの部品を取り付ければ完成となる。

弓は木材と金属の複合も考えたのだが、思い切って鍛冶だけで出来る金属製にすることにした。

魔力で硬さと弾性を調整すれば、複合素材に近いものが出来るだろう。

クロスボウだから多少硬いというか、引くのに力が必要でも問題なかろうということもある。

板金を火を入れた火床《ほど》で熱し、金床で叩《たた》いて延ばす。このときにチートの助けを借りて、硬さよりも弾力を重視して弓として機能させつつ、ちょっと強くなるちょうどのところを見極める。

最後に弦を固定するための切り欠きの部分を作れば、弓の部分は完成だ。もちろん、弦を張る前と後では反り返る向きを逆にしてある……と言っても、今の状態ではあまり分からないが。

弓を銃床の先端に取り付ける。弓が上下にずれてしまわないよう、コの字の金具を用意するのだが、その金具にはD字の金具が一緒になっている。これも板金をコツコツ叩いて作ったものだ。こっちは耐久性を重視して作ってある。他にもいくつか、耐久性を重視した部品を作った。

弓をクリップで留めるように、コの字型の金具と一緒に銃床の先端に複数のピンを打ち付けて固定する。

D字の金具は銃床の先から生えるように飛び出していて、これは弦を引く時に「あぶみ」の役割を果たしてくれる。ここを踏んで直接弦を引っ張り上げたり、器具を使ったりするわけだ。

「すまん、ちょっと手伝ってくれ」

「はい」

俺はリケに声をかけた。ここからの作業は一人で出来ないこともないが、手助けがあった方が遥《はる》かに楽だからだ。

サーミャに見つくろってもらっていた、特に強い弦（樹鹿の腱《けん》を加工したもの。鹿なのは猪《いのしし》と比べて脚が長く、つまり腱も長いからだそうだ）を弓の片方に固定する。今は前方に反っている弓を、逆方向に反らせつつ、もう反対側に固定すれば出来るのだが、無論生半可な力で出来るようなものではない。

だがしかし、筋力が増強されている俺と、ドワーフのリケ、二人がかりならなんとか出来るだろう。

「よし、やるぞ」

「はい！　三、二、一！」

タイミングを合わせて引っ張り、片側が反対に反り返ったところで、素早く弓が縦になるようにする。

二人がかりで体重をかけ、反発を俺が抑え込んでいる間に、リケがもう片方の切り欠きに弦を固定した。

「おおー」

とうとう銃床に弓を取り付けられた。あぶみも機関部も組み込まれて、形としてはクロスボウが完成している。

「助かったよ、ありがとう」

「いえ、弟子の仕事としては普通なので」

俺が感謝の言葉をかけると、リケは笑って言った。

「さてさて、あと一歩だな」

「これで完成じゃないんですか?」

「まぁ、これで完成、と言っても良いんだけどな」

あと二つ三つ、すべきことがあるのだ。

俺はまた板金を熱して加工した。機関部の弦を固定するところを覆う大きさの、靴べらのような形状のものだ。

リケがそれを指さして聞いてくる。

「これは?」

「弦を引くときに、ズレすぎないようにするためのものだ」

「なるほど!」

リケは目を輝かせる。この靴べらと留め具の間に弦が入るように引けば、上手《うま》く留め具に弦がかかる……はずであるし、不用意に留め具に触れてしまうこともない。

俺は最後、その靴べらに重なるように、小さな鉤《はり》を取り付ける。

再びリケが俺に尋ねた。

「この部品はなんでしょう?」

「これはな……」

俺は鍛冶場にあったやや短めの紐《ひも》の両端に、やはり鉤状の部品をカシメで固定する。鉤縄《かぎなわ》のようなものが出来上がった。

「こいつをこうして」

俺はクロスボウのあぶみを踏んで、弦に鉤縄の鉤を左右に分かれるように引っかけた。

「こうして……」

鉤縄の縄部分の中心を、クロスボウの小さな鉤に引っかける。両手で持ち上げると、鉤縄はM字になった。

「こうする」

M字の頂点部分を引っ張り上げる。弦はすんなりではないが、思ったよりも軽く持ち上がった。要は俺の手の部分が滑車の役目を果たして、より少ない力で弦を引けているのだ。

俺はそのまま弦を引っ張り上げ、靴べらの下に潜り込ませる。手応えがあって、そっと力を抜くと、弦は引っ張られたまま、形状を維持している。

緩んだ鉤縄を外し、そっと持ち上げてみてみると、留め金の凹字に弦が入り込んでいる。

「これであとは矢をつがえるだけだな」

パチパチとリケが拍手をした。俺はリケにクロスボウを差し出した。

「矢がないが、一回試してみてくれ」

「え、私でいいんですか？」

「コイツを主に使うのはリケになる予定だから、リケに試して貰《もら》うのがいいだろ」

「確かに」

意外とあっさりリケは頷《うなず》いた。試してみたくはあるが、俺の手前、ってとこか。気にしなくてもいいのにな。

それでは、とリケはクロスボウを受け取り、銃床の床尾を肩に当てる。右手はレバーにかかり、左手は銃床の前方を握っている。「ボウガン」とは、日本で元は商標名だった呼称だが、まさに銃のような弓と呼ぶに相応《ふさわ》しい姿だ。

「いきます！」

「おう」

リケはそう宣言すると、右手にグッと力を込める。レバーが留め金を解放し、音を立てて弦も解放された。

ビィン、と弦の鳴る音が思いの外、鍛冶場《かじば》に響いた。とりあえずこれでクロスボウとしては機能する、ということだ。機械的な耐久性とかは追々だな。

「どうだ？」

「すごいです！　初めて使いましたけど、違和感もありません！」

「よしよし、それじゃあ早速試射できるようにしないとな」

キラキラと目を輝かせつつ鼻息も荒く言ってくるリケの頭に手を置きながら、俺は少し苦笑気味にそう言った。

クロスボウに使う矢は普通の矢とは違うものを使う。違う、とは言っても矢じりがあり、軸があり、安定して飛翔《ひしょう》させるための矢羽根もついている。違いは太さだろうか。

弓に使うものは細い、といって良いものだが、クロスボウ用のものはそれよりやや太い。

それがどういう効果を生むものかインストールにもないし、前の世界で的に向けてですら射たこともないので、詳しいところはよく分からないが、より重い物をより速く投射できれば運動エネルギーがその分大きくなることだけは分かる。

まぁ、逆に言えば、それ以上のことは全く分からないってことだが。

「よし、出来た」

俺は普段サーミャが作っている矢（矢じりは俺が作っているが、矢羽根の調整なんかはサーミャが自分でしている）を思い起こしながら、やや太めの矢を作った。

理屈は分かっていなくとも、チートのおかげで上手く出来上がった。……多分。

「リケ」

「なんでしょう？」

「それが一段落したら、ちょっと試してみよう」

鎚《つち》を振るっていたリケに、太矢を軽く掲げて声をかけると、やはりというか目を輝かせる。

「はい！」

リケが二本ほど短剣を仕上げている間に、俺も太矢をいくつか作り足した。

俺とリケは外に出た。太陽はとっくに天辺を過ぎている。暑い鍛冶場から、すっかり寒さが増してきた外に出ると、むしろ少し気持ちが良い。

前の世界であんまりサウナに好んでは入らなかったが、こうしてみるともう少し入ってても良かったかなと思えてくる。

こっちでも作れないこともない。温泉はあるし、石もそこらから集めてくることはできる（水をかけたりするので、どんな石でもいいわけではないらしい）が、まぁ、作るとしても相当後だろうな……。

それはさておいて、俺は手にした少し厚めの鉄板を、いつも家族が弓の練習をするのに使っている的にくくりつけた。

太矢の矢じりもこの鉄板も、魔力をふんだんに籠《こ》めてある。練習用として、少しでも長持ちしてくれればと思ってのことだが、矛盾の故事そのままの状況になってしまっていることに気がついて、くくりつけながら俺は苦笑する。

的の向こうは少し開けていて、逸《そ》れたときに不意に誰かが現れて当たってしまったりしないようになっている。

あれはあれで、前の世界の銃の射撃場よろしく盛り土でもすべきかもしれないな。温泉周りの時の残土がまだ幾分あるし。

「それじゃ、自分で装填《そうてん》してみてくれるか？」

「はい！」

あぶみに足を置くと、リケは道具を使って弦を引っ張り上げる準備をした。もしリケで厳しければ、てこの原理を使って弦を引く道具か、歯車で引く道具でも作るつもりでいる。

「よっ」

リケは一息に弦を引っ張り上げた。そのまま留め金に弦を引っかける。これでまず弦を張るのは完了だ。

続いて俺が差し出した太矢を、銃床に彫られた溝に置いたあと、手前に滑らせて弦が固定されている部分ギリギリに矢の後端が来るようにした。

そして、そのまま床尾を肩に当てた。前の世界ならスコープであるとか、ダットサイトを搭載するのだろうが、当然この世界にそんなものはない。

ライフルのアイアンサイト的なものもないので、照準は弓のようにつけることになる。

リケがレバーを握りこむ。「カン！」と音がして、矢が放たれる。空中に線を引くように矢は飛んでいき、的に当たって「バキャン‼」と派手な音と火花をあげ、ポトリと落ちた。

少なくとも矛は盾を貫けなかったということだ。

的に近づいてみると、矢が当たったところがかなり凹《へこ》んでいた。こっちはこっちで無傷ではなかったか。

矢を拾い上げてみると、先端がグシャリと潰《つぶ》れている。

これまた前の世界で、鉄板を銃で撃って貫通しなかった、という動画を見たことがあるが、鉄板も矢もちょうどそんな感じである。

これをもって銃並みに威力があるとは言えない。今回は的を外さないよう、リケの腕前も考えてかなり近距離から放っているからだ。しかし、それでも武器としては十分だろう。

「盾を構えていても、貫通してそのまま刺さりそうです」

リケが鉄板の衝突跡を撫《な》でながら言った。俺は頷く。あの鉄板は魔力で補強されていた。それならば貫通を防げる、ということは裏を返せば普通の鉄板では貫通を防げない、ということだ。

「これならドラゴンも倒せそうだなぁ」

「いけるんじゃないでしょうか」

俺は半ば冗談のつもりで言ったのだが、本気の空気を含ませて返してきたリケの言葉に、俺は少しだけ苦笑するのだった。

威力は十分……というか、やや過剰なくらいであることは分かった。後は耐久性だ。

いつまでも末永く使える、なんてことは期待していないが、ある程度の回数使えるようでないと困る。

「……うん？」

リケが射撃した後のクロスボウを確認してみると、違和感があった。二回しか動かしていないはずなのに、それよりも使い込んだというか、ちょっと考えにくいくらいに傷んでいるような。

チートの手助けを借りて見てみると、弓の部分に歪《ゆが》みが出ているようだ。

「うーん」

「何かマズいことでも？」

俺がクロスボウを手に首を捻《ひね》っていると、リケが覗《のぞ》き込んできた。

「うん、ちょっとここを見てくれ」

「はい。では失礼して……」

クロスボウをリケに手渡し、弓の部分を指差した。リケはその部分をためつすがめつしたり、俺が指差した部分を指でなぞって確かめたりしている。

やがて、眉根《まゆね》を寄せつつボソリと呟《つぶや》いた。

「あぁ……これは……」

「歪んでないか？」

「ええ」

リケは俺にクロスボウを返しつつ頷いた。やはり歪みが出ているようだ。

「多かれ少なかれ、どんどん傷んでいくものだとは思いますけど、普通のもここまで早いものなんでしょうか」

「いやぁ、それだと武器として成り立たないだろ」

「ですよねぇ」

発射から再装填して再発射まで時間がかかる代わりに扱いやすさと威力があるのがクロスボウの利点だと思うが、二回か、もって三回しか使えないとなると武器としては少々厳しいのではなかろうか。

何でも切り裂けるが、二回斬ったら必ず壊れる魔剣を戦に持っていこうと思うやつはあんまりいないだろう。使いみちがないわけではないが。

「うーん、何かを間違えたかな」

「組み立てとかですか?」

「そういうところじゃないと思うんだよな……」

組み立ての時点で間違っていれば、鍛冶か生産か、その辺のチートで分かったんじゃないかと思うのだ。それが分からなかったということは、完成するまでの間に何か間違いがあったわけではない。

とすると、その後の行動だろうか。でもなぁ。

「動かしたのは二回こっきり」

「ですね。それで壊れるようなものではなさそうですし」

そうして、原因をあれこれ推測していると、

「あれ、二人でどうしたんだ?」

サーミャの声がした。声のした方を見ると、土に汚れた家族のみんながいる。

「いや、クロスボウが出来上がったんだが、それよりお前たちこそどうした」

「え？　ああ」

怪訝《けげん》な顔をした俺に、サーミャも一瞬怪訝な顔になったが、すぐに自分たちの様子に気がついたらしい。

「珍しく途中にヌタ場があってさ」

「あー」

俺はそれで事情を察した。ヌタ場とは、猪などが身体の汚れや、身体についた虫を落としたりするのに泥浴びをする泥場のことだ。

ルーシーのほうを見やると、どうしたの？　とばかりに小首を傾《かし》げているが、彼女もかなり泥にまみれている。

多分ルーシーが突撃したんだろう。その時の阿鼻叫喚《あびきょうかん》が目に浮かぶようだ。

パタパタと尻尾《しっぽ》を振るルーシー。あまりにも無邪気なので、怒らねばという気はどこにも芽生えてこなかった。

「で、そっちは？」

「え？　ああ。これなんだけどな」

俺が手にしたクロスボウを指差すと、みんなが集まってきた。その中からヘレンがズイと前に出る。まぁ、武器のことなら彼女だろう。

「二回しか撃ってないんだけど、弓のところがもう歪んできてるんだ」

そう言いながらクロスボウを差し出す。ヘレンは受け取ると、弓の部分を見つめたり、指でなぞったりして確認を始めた。

ヘレンは歪んだところでピタリと手を止めると、静かな声で言った。

「これ、二回とも矢はつがえたのか？」

「ん？　いや、最初は動きを見たくて、矢はつがえなかったが……」

俺が言うと、ヘレンは小さく息を吐いた。

「それだ。弓はな、矢をつがえないで射ると傷むんだよ。なんでも矢を射る力が弓に全部かかると良くないんだとか言ってたっけな」

「えっ、そうなのか⁉」

俺は驚きを隠さずにそう言った。それを聞いたヘレンが笑う。

「なんだ、エイゾウでも知らないことがあるんだな」

「言ってるだろ、俺はただの鍛冶屋《かじや》だって。でも、その辺はちゃんと確認しとくべきだったな」

言って俺はうなだれた。少し慢心があったかもしれない。あれだけの威力の矢を放つ機構だ。その負荷が大きいことくらいは想定してしかるべきだった。

「でも、さすがエイゾウの作るモンだな。二発目まではなんもなかったんだろ？」

「あ、ああ。リケが撃ったが、ちゃんと的に当たったよ」

俺は的を指差す。ヘレンは目を細めてそれを確認した。

「あの凹んでるのか！　やっぱりスゲえな！」

バンバンと俺の肩を叩《たた》いて呵々大笑《かかたいしょう》するヘレン。いつもとは違う肩への衝撃と、褒められてはいるがやらかした気恥ずかしさとで、俺はどう反応して良いか、すっかり困惑してしまう。

「むむむむ……」

夜明け前に目を覚ました俺は、クロスボウを前に唸《うな》っていた。クロスボウでの空撃ちが厳禁であることは、前日にヘレンに教えて貰《もら》った。

その厳禁であるはずの空撃ちをしてしまって歪みが出ている以上、修理をしなければいけないのだが、その方向性だ。

一つは耐久力を上げる方向。弦を引きにくくはなるだろうが、器具などで補助すれば問題はないだろう。空撃ちしてしまった時に、少しでも壊れにくくするのだ。

もう一つはシンプルに普通に直してそれで終わりとする方向。よろしくない、と分かっていて空撃ちをするほど、俺もリケも迂闊《うかつ》ではないつもりだし、気をつけて扱えば、それで問題はない。

クロスボウは銃のように扱えるが、銃のように発射可能状態をそこそこ長時間保つものではないらしい。

発射すべき可能性が生じてから弦を張り、矢をつがえるので、本質的に空撃ちは生じないもの、というようなことをこれまた前日の晩飯の時にヘレンに説明された。

まぁ、前の世界でも、銃も長く使わないときは弾を抜いて撃鉄を落としたうえで安全装置をかけておいたりするものらしいので、同じと言えば同じか。

夜が明けてから、リケやヘレンと相談し、普通に直すことにした。いざという時、出来れば器具を使わず力だけで弦を引けた方が良いだろうとの判断だ。

クロスボウは健在なのに、器具が壊れていて使えない事態だけは避けた方がいい、というのがヘレンの意見で、もしここに立て籠《こ》もる事態にでもなったときの備えを考えれば同意する以外の選択肢はなかった。

「トラップを仕掛けることも考えるべきかな」

外の木々を眺めながら、俺はなんとなしに呟いた。木々は季節が巡っていることをあまり感じさせないが、入り込んでくる風が冷たい。もう冬と言って良い時期が来ているように感じた。

「どうだろうな。そもそも天然の衛兵が巡回しているような土地だからな」

俺の呟きに、同じように外を眺めながらヘレンが言った。彼女の言う「天然の衛兵」とは主に狼《おおかみ》たちのことだろう。そこに猪や、ともすれば虎や熊も加わる。

さすがにドラゴンまでは期待できないだろうが。

そして、リケが続く。

「リュイサさんは守ってくれないんですかね」

「どうだろうなぁ。俺たちをえこひいきして良いのかにもよるだろうけど。どのみち、彼女がここを守ろうと思うと地形を変えないといけないからな」

リュイサさんはこの〝黒の森〟の主ではあるが、直接的な攻撃手段を特に持っていない。そこで、サンドボックスゲームの土地造成だけでダメージを与えようとした場合に、地形を変えるしかないのと同様、彼女もそうする必要がある。

当然、それはこの森にとって良いことではない。そうまでして守る価値があると判断しているなら、そうしてくれるだろうし、そうでないならしないだろう。

できれば地形を変えてでも、と思ってくれていればいいんだが。温泉のついででもいいから。

「さて、それじゃ始めましょうかね」

俺は一伸びした。リケは自分の作業に、ヘレンは他の家族と一緒に外に出た。今日は森のパトロールではなく、畑の手入れをするらしい。

冬に育てられるものもあるらしいし、そもそも季節を問わずに育つエルフの種なので、その準備もあるそうだ。

ともかく、外からワイワイ（時折クルルルやワンワン、キューも）と聞こえてくる中、俺はクロスボウの弓部分を外し、火床に入れた。

クロスボウの修理は程なく終わった。歪んでしまったところを戻すだけではあるのだが、直そうと思ってホイと直せるものでもない。

しかし、俺の場合は〝手助け〟がある。それでもホイホイ直せるほど気軽な話でもないが、一般的な修理とは作業速度が違う。

そうして直したクロスボウを手に外を見る。

「外、寒いかな」

「朝方はどうだったんです」

「寒かった」

リケの言葉にそう返すと、リケは笑った。

朝方、娘たち三人と湖へ行ったのだが、これまでいつもしていた水浴びをする気には全くなれないくらいには寒かった。まだ息が白くなるほどではないのが救いか。

クロスボウを手に外に出ると、庭で遊んでいた家族の皆がなんだなんだと寄ってきた。

「お、直したのか」

ヘレンが俺のクロスボウを指差す。

「ああ。早いほうがいいしな。今から試し撃ちだ。やるか？」

クロスボウを掲げてヘレンに言ってみたが、彼女は首を横に振った。

「いや、そういうのは使うやつに任せるよ」

「そうか」

任せてくれると言うなら、そうさせて貰うとするか。

リケがボウガンの弦を張る。その間に、サーミャが鍛冶場から持ちだした鉄の板を、いつも彼女たちが弓の練習をしている的と取り替えてくれた。

鉄の板は俺が作ったもので、普段の的よりも幾分硬く作ってある。あれを貫通できれば、おおよそ世に出回っている鋼の鎧《よろい》なら、全て貫けると思っていい。

安全のため、サーミャが的をセットし終わり、離れるまで待ってから、リケにボウガンの矢を手渡した。

リケはボウガンを構え、的を狙う。これまではあくまで「動かせるかどうか」だけだったが、これで「実際に放って当てられるかどうか」になってくる。

とは言え、今回は当たらずともいい。今後練習をして当てられるようになればそれで問題ない。

騒がしかったはずの庭に静寂が訪れる。世の中から音が消えてしまったようにすら思える。

カン！　と弦が溜《た》めていた力を解放する音が響き、その力を受けた矢が的をめがけて飛んでいく。

金属同士がぶつかるガキン！　という、俺とリケの耳には馴染《なじ》みの深い音が響いた。

「どれどれ……」

目を細めて見てみると、的にはさっきまでなかった棒が生えている。どうやら命中したようだ。

落ちていないということは、弾《はじ》かれるような威力ではないらしい。

あとはどこまで刺さっているかだな。家族全員でゾロゾロと的のところまで行くと、かなり深く刺さっているようだ。

俺は刺さっている矢を揺すってみたが、ビクともしない。

「これは下まで抜けたかな」

「多分、そうだな。よっ」

ヘレンがそう言って、矢と鉄の板を同時に引っ張ると、彼女の力の強さで、両方ともが外れた。

矢の三分の一ほどのところに、鉄の板が挟まっている。そこまで貫通したということだ。

「どうだ?」

「十分すぎんだろ……」

呆《あき》れかえったヘレンの声に、笑い声と試し撃ちの成功を祝う拍手が、庭に響く。

「あとは動く的にどれくらい当てられるかだな」

貫通した矢を見ながらそう言ったヘレンが、ニヤリと笑い、俺は良くない予感を覚える。

「速さを見たいから、アタイに向かって撃ってくれよ」

予感のとおり、ヘレンはとんでもないことを言い出した。

「おいおい、矢じりを取り外したとしても、かなりの威力になるはずだぞ」

「だから分かるんじゃん」

「いや、うーん」

俺は腕を組んで首を捻《ひね》った。〝迅雷《じんらい》〟のお墨付きとなれば、性能に問題ないことは間違いない。悩ましいところだが、性能の裏付けは多いに越したことはないか。

俺は自分で自分をそう説得し、頷《うなず》いた。

「よし、それじゃあ矢じりを外したやつで試すぞ」

俺の言葉にヘレンは快哉《かいさい》を叫んだが、他の家族からは大きなため息が漏れる。家族よ許せ、見てみたいと思う俺がいるのも事実なのだ。

クロスボウの矢から、矢じりを外すのはすぐに終わった。再びリケにクロスボウの弦を引き、矢をつがえてもらう。

一度やったからか、リケはさっきよりもかなりスムーズに準備を終える。

「準備できました」

リケがそう言って俺は頷く。庭の反対側あたり、さっきの的よりも少し遠いところにいるヘレンに大きく手を振って合図をする。

すると、馬鹿でかい声でヘレンが準備完了を伝えてくれた。手には木剣を持っている。

「いつでもいいぞー！」

俺とリケは互いに頷き合うと、リケがクロスボウを構える。

「いきます！」

あたりが静まりかえり、緊張が走る。

カン！　と音が響き、クロスボウから矢が飛び出した。

稲妻のように駆け抜けていく矢。その向かう先には〝迅雷〟が待ち構えている。

〝迅雷〟の姿がかき消えた。と思った次の瞬間、バキッ！　と派手な音がした。

「よおっし」

グッと嬉《うれ》しそうにポーズを取るヘレン。その足もとには真っ二つになったクロスボウの矢。ヘレンはクロスボウの矢を一刀のもとに斬り伏せたのだ。

「よくあの速さを叩き落とせるな」

俺が半ば呆れてそう言うと、ヘレンはニィッと笑った。

「まあな！　あ、あれだけ速けりゃ十分だと思うぜ」

「そうか。性能が問題ないならいいんだ」

分かってはいたが、とんでもない強さにため息をつきながら俺は言った。

「とりあえずこれで、いったんクロスボウとしては完成だな」

性能試験を終え、試射の後片付けをし、鍛冶場《かじ》に戻る道すがら、俺は呟《つぶや》いた。

「すっかり寒くなったな」

温泉の建設には手間も時間もかかったが、急いで良かった。少なくとも寒さを理由に身体を清められない、といった事態は発生していない。むしろ、毎日積極的に入っているくらいだ。

まぁ、鍛冶場が暑かったり、身体を動かしたりで汗をかく機会は多いから、当然と言えばあまりにも当然なのだが。

ふと、排水用の池……というよりは最早《もはや》、動物たちの憩いの場になっている「動物温泉」を思い出した。

なぜか狼も熊も虎も、普段は喰《く》らっているだろう兎《うさぎ》や鹿がいても気にする様子はない。兎たちも、遠目にでも発見すれば即その場を離れるだろうに、あの場所でだけは全ての動物たちに等しく権利があるとでも主張するかのように、平気の平左《へいざ》で過ごしている。

うちから、あの「動物温泉」まではさほど距離はない。建物のあるあたりは魔力が強すぎて、普通の動物は近寄ろうとしない、というのがまだこの家に住んでいなかった頃のリディの説明だった。

クルルは走竜だし、ルーシーは狼に見えるが狼の魔物。ハヤテも竜の一種ということで、あまり気にはしていないようだ。

逆に言うと、そういう動物が他にいたら特に気にせずやってくるというわけで……。

「あそこに惹《ひ》かれてやってくる魔物っていないのかな」

多少寒さが和らいだ日差しの下、俺は飯を頬張りながら言った。

「土で汚れているので、あまり家で食べるのは……。まだギリギリ外にいられるくらいの寒さだし、この後もまだ作業もあるし」

と、外に出ていた皆の意見で、外で昼食をとっているのだ。もちろん、手は洗ってもらっている。

肩に留まったハヤテに、猪肉の切れ端を食わせてやりながら、リディが言った。

「どうでしょう。以前お話ししたとおり、魔物と言ってもルーシーみたいに動物がなるものは、元の動物の気質がかなり影響しますから、どの動物も温泉に興味があるなら寄ってくる可能性はあります」

自分の名前が出たルーシーが嬉しそうに尻尾《しっぽ》を振って、ディアナに頭を撫《な》でられていた。

魔物には二種類いる。どちらも澱《よど》んだ魔力が影響しているのだが、ルーシーのように澱んだ魔力が生物を変性させてしまうものと、ゴブリンのように澱んだ魔力から「発生」する〝純粋な〟ものだ。

「もちろん〝純粋な〟魔物もここにくる可能性がある」

「ええ」

俺が言うと、リディは頷いた。なぜなのかは分かっていないし、〝インストール〟にも理由はなかったが、純粋な魔物たちは生き物をとにかく殺そうとする。

温泉がなくとも、近辺で生物が定住しているのはここくらいなものだ。もし近くに発生した場合、目指すのはここだろう。

「ここを要塞化《ようさい》するかはともかく、やはり罠《わな》を作っておこう。危害を加えるものじゃなくて、警告や警報を主な役割にしたものがいいかな。不幸な事故は避けたい」

人も動物もひとっ風呂《ぷろ》浴びて意気揚々な時の出合い頭で思わず手が出て、怪我《けが》をさせてしまうようなことは、お互いに避けたいだろう。

かなり今更ではあるが、色々揃《そろ》ってきて、ようやくこの辺りに思い至るくらいには余裕が出てきた、ということでもある……と思うことにする。

ヒュウ、とヘレンが口笛を吹いてその目がギラッと光り、アンネが顔を輝かせる。

俺はちょっとだけ苦笑しながら、

「お手柔らかにな」

そう言うのだった。


罠、というか警報の設置をすることにはなったが、昼飯の前にはクロスボウの修理を済ませているとは言え、納品物をリケに任せっきりにするわけにもいかない。

弟子なのだから任せても良いのでは、という向きもあろうし、実際に当のリケがそう言ってたりはするのだが、自分の仕事だからというところがどうしても抜けきらない。

前の世界で「自分でやった方が早い」と後輩に任せず、ちゃちゃっと自分でやってしまうことがあったが、あれに似た感覚ではある。「あまり良くないですよ、それ」と後輩に叱られたこともあったのだが、なかなか抜けきらないところだ。

まぁ、納品物は単に金品との交換以外にも、情報を得るための材料でもある。この世界における世間的な「今の」情報は、印刷媒体での情報伝達やインターネットがないこの世界では、カミロが教えてくれるものがメインになってくる。街や都へはあまり行かないし。

カミロは元々行商をメインとしていて、今は店を構えてはいるが、あちこちに人をやっていたりするので、市井の情報が集まってきやすい。

そもそも彼のような商売をする人間にとっては、そういった情報は商売の上でも重要になってくる。

それに、彼の情報源は貴族の方にもいる——王国だと主にマリウスと侯爵だが——ので、どちらの情報も得られるというわけだ。

そんなわけで、二〜三週間おきのニュース番組として彼が整理してくれた情報が役に立っているのだが、それをしてもらえるだけの働きは自分でやらなきゃ、と俺は思っている。

それで今、俺は〝いつもの通り〟に板金に鎚《つち》を振るっているわけである。外に出て飯を食っているときは、少し肌寒さを感じたのだが、今はその全く反対だ。

今日は炉の方を動かしていない（仕上げる短剣も十分な数が揃っている）ので、その分はマシだが、火床だけでも結構な温度になるし、その上全力で鎚を振るうのである。かなり汗をかいている。

今のところ、汗をかいた先から冷えていくということもないので、湯冷めのような状態を気にする必要はなさそうだが、暑さが続くのもなぁ、といったところだ。

しかし、これはこれで「作業をしている」という気になっていい。無心で鎚を振るうのも嫌いではない。ややワーカホリックにも思えるが。

「ああ、そうか」

そして数本のナイフを仕上げ、合間に水分補給をしながら、俺は思いついた。

「アラシにカミロの情報を持ってきてもらえばいいんじゃないか」

アラシもハヤテに会えるし、俺は一週間前後のスパンで定期的に情報が得られる。悪くないアイディアのように思えた。

この辺の話は一度ディアナやアンネに聞いてみるのが良さそうだ。俺はそう判断して、自分の作業に戻った。

「うーん。アイディアは良いと思うんだけどどね」

一日の作業を終え、温泉で身ぎれいにした（湯冷めしないよう素早く家に戻った）あとの夕食。話を切り出した俺にアンネが首を捻った。

「なんか気になることが?」

「小竜が定期的に行き来してるとこって怪しまれるかも、ってことでしょ」

アンネの代わりにディアナが答えて、続けた。

「私なら、どこまで行けるかはともかく、気になったら後を追うわね」

「〝黒の森〟まで入ってくるかなぁ……」

「そこは賭《か》けになるでしょうね」

引き取ったのはアンネだ。今度は彼女が続けて言った。

「あの人の場合は元々それなりに名の知れた行商人だった上に、店を構えて大きくしていってる。そんな商人がやりとりをするのに小竜を使うことは十分にあり得るから、そもそも不審がる人が少ないかもしれない」

一瞬、弛緩《しかん》した空気が流れかけるが、アンネは更に続ける。

「ま、逆に言えばそこで不審に思う人はそれなりの手練《てだれ》の可能性があるってことだけど」

俺は部屋の温度が下がったような感覚を覚えた。

ゴクリと生唾《なまつば》を呑《の》んだのは俺か、はたまた別の誰かだっただろうか。「あってもおかしくないこと」を不思議に思う人間が普通でないのは確かだ。

ストーブの中で薪が爆《は》ぜる音がやけに大きく聞こえる気がする。

そこへ、呑気《のんき》な感じでサーミャが言った。

「じゃ、罠を張るのは正解ってことだな」

「あ、そうね。それは確かに」

アンネが頷く。

こっちには〝森のプロ〟（リディのことだ）と〝黒の森のプロ〟（もちろんサーミャ）がいるし、それに伴う道具は俺が作る。それなりの手練でも引っかかる罠ができるだろう……できて欲しいな。

「そういうのは出番がないに越したことはないし、カミロさんの持っているものだけとは言え、定期的な情報に魅力があるのも確かかね……」

おとがいに手を当て、アンネが呟く。ディアナが小さく手を挙げる。

「私が兄様のところに手紙を出して、送ってもらうようにしようか？」

「そっちからのも届けてもらうのか」

「うん。結局カミロさんのとこ経由なのは変わらないけど」

「ヤツもマリウスの情報は無下にしないだろ」

「そうね。それをしたら立場上あまり良くないしね」

その後、あれやこれやをみんなで話し合った。うちの家族はこういうときも結構生き生きとしている気がする。自分たちの生活に直《じか》に関わってくるからだろうか。

最終的に、次の納品の時にカミロに打診することにした。ＯＫならディアナからマリウスに宛てた手紙も届けてもらう。

その手紙では、マリウスには俺たち（公式には帝国の第七皇女たるアンネも含めて）に教えて良い範囲で適宜情報を送ってもらうよう要請する。伯爵閣下を顎《あご》で使う感じになってしまわないかと、スパイの嫌疑がかかってしまわないかが心配だったが、

「妹に手紙を送る兄で通るでしょ」

とディアナが気楽な様子で言ったので、そこは気にしないことにした。そもそも今更でもあるしなぁ。

もちろん、カミロにもマリウスにも相応の謝礼は払うつもりだ。

罠の設置は急ぐものでなし、次の納品後か、もしそこで気温やら何やら的に厳しそうであれば、

春になってからでも良かろうということになった。

しばらくはバタバタと〝しない〟、のんびりした生活になりそうだな。そんなことを思いながら、俺は晩飯の片付けを始めた。

◇◇◇

罠については一度棚上げにし、コツコツと納品物を作り続け、その合間に狩りをする組は何回か森の見回りを行い、そして納品の日がやってきた。

朝、目を覚ますと、ストーブの火はすっかり消えていて、毛布をめくると寒さが襲いかかってくる。

「〝こっち〟も冷えるなあ」

前の世界でもなかなかの寒暖差を経験してきたが、文明の利器によるサポートがあった。今のところ、骨の髄まで凍るような寒さは感じていないが、文明の利器のありがたみを思い知るほどの寒さになるのだろうか。

手早く家を出る準備をし、水瓶《みずがめ》を抱えて外に出る。俺は自分の吐いた息がほのかに白く形を作っていることに気がついた。日に日に寒くなっているというのは俺の肌感だけではないようだ。

俺が家の扉を閉めると、バタバタと娘たち三人が寄ってきた。彼女たちの息も白い。狼であるルーシーの息が白いのは当たり前のように思えるのだが、クルルとハヤテの息も白い。二人ともドラゴンあるいはそれに近しい種なので、見かけが爬虫類《はちゅうるい》っぽく、変温動物のようなイメージを受ける。

しかし、触ったときには蛇のように滑らかな手触りとともに、確かに温《ぬく》もりも感じるのだから、身体が熱を発しているのは間違いない。このあたりは前の世界の常識が全く通じないところである。

「寒いから今日も水浴びはなしだ」

俺がそう宣言すると、ルーシーが尻尾を下げ、クゥーンと遺憾の意を表した。

俺は苦笑しながら、ルーシーの頭を撫でる。以前と比べて屈《かが》む距離……というか、まぁそういうものが減ってきた。今も膝《ひざ》をつかずに腰を曲げるだけで頭に手が届いている。

「夕方にお母さん達に湯で拭《ふ》いて貰《もら》うんだぞ」

そう付け加えると、しょんぼりしていたのはどこへやら、すっかり機嫌を直したルーシーは、尻尾をふりふり一声吠《ほ》えた。その声もどことなく精悍《せいかん》さ——女の子に適切な言葉かどうかはともかく——がついてきている。

それでも、幼い頃と変わらず水浴びが好きなので、どうにも子供扱いが意識から抜けないな。

「よし、それじゃあ行くか」

クルルとハヤテも撫でてやり、その温かさを手のひらに感じてから、俺たちは湖へ向かった。

「うーん、やっぱり一段と寒いな……」

湖はさざ波を立てていて、凍るといった現象からは今のところ無縁のように見える。

だが、湖面をいく風が元々冷たいところで冷やされるのか、身を切るようなと表現する一歩手前くらいまで寒さが来ている。

「水を汲《く》んだらすぐに戻ろう。今日は納品があるからお出かけだ」

その言葉に、娘達はやんやと喝采《かっさい》をあげた。多分。身体を清めるのは温泉があるし、農作業には井戸の水がある。従って水は基本飲用や調理用にしか使わないので、夏場よりは少ない量だけを汲むと、足早に帰路についた。

家に戻ると、ストーブが活躍していて、ほのかな暖かさが身体を包んだ。最後に起きてきたらしいアンネが〝本気〟の時とは全く異なるポワンとした表情で顔を洗い終えたところらしく、タオルで顔を拭いている。

タライからはほのかに湯気が立っていた。それについて聞いてみると、ヘレンが、

「ひとっ走り行ってきた」

と事もなげに返す。うーん、水汲みは二日に一回とかにして、「お湯汲み」にした方が良いだろうか。そうすれば朝に娘達を湯で拭いてやれるし。湯冷めしないよう、すぐに乾くようにしてやらないといけないが。

俺がそう言うと、ヘレンは首を横に振った。

「夕方の稽古《けいこ》だけじゃ鈍るかもしれないし」

とのことである。すぐそこだし、ちょっとしたジョギングみたいなものか、と俺は納得して、それ以上は何も言わなかった。

一方で、リケが苦笑半分ウキウキ半分の表情でアンネの髪を梳《くしけず》ってやっている。この後パパッと三つ編みを結ったり、色々と髪型を作ってやるのが、リケの楽しみなのだそうだ。

「妹にやってあげていたのもありますけど、自分の髪がこの通りですからね」

リケの髪……というかドワーフ族の髪質は一般的にかなり頑固なようで、出来る髪型も少ないのだそうだ。

「ドワーフであることを残念に思うことはあまりありませんが、これぱっかりはもう少し柔らかい髪の種族であればなぁと思いますね」

「今度エイゾウに頼んで、髪にいい香油なんかを買ってもらいましょうよ」

様子を見ていたディアナが混ぜっ返す。ブンブンと手を横に振るリケ。

「ええ!?　そんな、悪いよ」

「春になったら、髪にいい薬草が採れますから、それも探しに行きましょうね」

そこにフンスと鼻息も荒くリディも加わってきた。彼女の髪は櫛《くし》を通さずともサラサラと流れるようである。エルフだからだろうな、と思っていたが、なんらかの秘訣《ひけつ》もあるのかもしれない。

……俺も再び四〇が巡ってきて前髪が撤退戦を始めてしまう前に色々聞いておこうかな。

髪が女性の強い関心事の一つであることはこの世界でも変わらないらしく、ワイワイと、あの香油が良かったとか、あの薬草は効果が高いだとか、あそこのはあまり良くなかった、なんていう話で盛り上がっている。

俺はその喧噪《けんそう》をＢＧＭに、額にそっと手を当てると、朝食の支度を始めるのだった。


「準備はできたか？」

「おう」

「こっちも大丈夫です」

いつものお出かけ服に少し服を足した状態のサーミャとリケが返事をする。遠くへ行くときの旅装に近いと言えなくもない。

「そういえば、みんなここに来るときはそんな感じだったな」

元々この〝黒の森〟に住んでいたサーミャと、帝国から救出したヘレン以外は、大抵ちょっとした旅をしてここにたどり着いている。その時の格好を思い出したのだ。

「まぁ、移動しようと思うとどうしてもね」

そう言ったアンネが着ていたのは、最初はそうは思わなかったのだが、一度見せて貰うと、かなりしっかりした生地で、そのままもっと遠くへ行っても問題なさそうだった。

皇女に下手な服は着せられない、というのはまぁあるよな。さすがに皇女を示すような意匠は何も入ってなかったが。

クルルやルーシー、ハヤテに着せたドテラみたいな服を見ながら荷車に乗り込み、ディアナが言った。

「もう少し寒くなったら、モコモコに着込んだほうがいいのかしらね」

「その間はなるべく家に引っ込んでたいところだけどなぁ」

俺は荷車に乗り込みながらそう返す。うちの備蓄もかなりあるし、食料や燃料、材料は一月か二月かくらいであれば耐えられるだろう。

夏みたいに家でじっとしていても変わらないならともかく、籠《こ》もっていれば快適であるなら、あんまり出ていくのもなぁ。

ルーシーが自分でピョンと荷車に飛び乗り、自慢そうに胸を張っている。その頭を「えらいえらい」と撫《な》でていたディアナは、その顔をペロリとされると相好を崩した。

ハヤテはクルルの背中に留まっている。ドテラがあるので滑ってしまいやしないかと思ったが、意外と大丈夫なようで、スッと身を縮こまらせてウトウトする体勢に速やかに移行した。

俺たちを乗せて〝黒の森〟をクルルの牽《ひ》く竜車が進む。いつものように、といかないのは何だかんだ騒がしい森の中が、今日は静かだからだ。静まりかえる、というほどではないが、鳥や虫の声がかなり少ないように感じる。サーミヤに聞いてみると、

「気の早いのが冬ごもりをはじめたかな」

と辺りを見回しながら言った。早いに越したことはない、と考えるものもいるということだろうか。サーミヤはぐるりと一通り周囲に視線を走らせたあと、俺の方を見ると言った。

「さっき家に引っ込む、って言ってたけど、うちも早速冬ごもりするのか？」

俺は顎を撫でながら思案する。

「籠もるかどうかは食料だのなんだのと相談ってとこだな。嫌なタイミング……思ったより食料が早く減ってる、なんてところで雪が降ったり地面が凍らないとも限らないから、カミロのところには行けるときに行ったほうが良さそうでもあるんだがな……」

雪そのものも厄介だが、地面が凍ってしまったり、それが溶けたときに泥濘《ぬかるみ》が生まれてしまうと

しばらくはロクに動けないだろう。凍った地面と泥濘はどちらも前の世界ではチョビひげ殿の軍隊の進撃を食い止めた猛者である。

そこまでの状況になることはほぼないとは言え、もしそうなってしまったら、さすがにその猛者たちに立ち向かおうとは思わない。その前に冬営する軍隊よろしく食料をかき集め、〝黒の森〟での引き籠もり生活に備えたいところだ。

「アタイが見た感じだと今日手に入れる分を含めたら、しばらくは大丈夫だと思うけどね」

そう言ったのはヘレンだ。彼女も新たに手に入れた布を使って新しく仕立てた外套《がいとう》を着ている。ディアナやリディがメインだが、自分でもコツコツ作業したものらしい。

ともかく傭兵《ようへい》の、つまりそれこそ冬営のプロ（多分）である彼女がそう言うのだ。量的には問題ないと見て間違いあるまい。

「何があるか分からないから、なるべく確保しておいた方が良い、ってのにも賛成だけどな」

「ふむ……」

俺は再び顎を撫でて思案する。

「情報の話のついでに、納期の間隔を延ばすんでなしに、森に籠もるかもしれないことをカミロに相談するか」

俺がそう言うと、家族みんなは――リケはクルルの面倒を見ているので無理だが――頷《うなず》いた。

そして、通るのは今年最後になるかもしれない街道へと、竜車は進んでいくのだった。

3章　街も冬

　街道に出ると、すっかり夏の勢いを失った草原が茶色く広がっている。野盗も動物たちも、身を隠すには不都合な季節だ。

　動物はともかく、野盗達はいつ来るかも分からない獲物を、巡回の衛兵達に見つかるリスクを冒してまで寒空の下待ち続けるのは、あまりにもメリットが少なすぎる。

　そのため、冬は比較的野盗の発生が少ないらしい、という話をアンネがしていた。

「まぁ、私が知っているのは帝国のほうだけど、王国でもそんなに変わらないでしょ」

　と、アンネは締めくくる。

「好き好んで冬に活動しようと思うやつはそんなにいないからなぁ」

　ヘレンはそう言いながらも、周囲に視線を走らせて警戒を怠っていない。一か八かに賭《か》けるところまで追い込まれている野盗もいるだろうからな……。

「持っては来たけど、こいつの出番がないに越したことはないからな」

　俺は傍らにおいてあるクロスボウを持ち上げた。弦はセットしていない。今の状況を考えると不要そうだからだ。

　投槍《なげやり》もあるし、弓の名手が二人いる。接近すれば〝迅雷《じんらい》〟の双剣に、及ばずながら俺の刀〝薄《うす》氷《ごおり》〟、〝剣技場の薔薇《ばら》〟の剣技、皇女殿下の大剣が迎え撃つわけである。

そして、これを使うことになるリケはクルルの手綱を握っている。これでは出番はほとんどないだろう。

皆も荷車の上で頷いた。

ビュウと寒風が吹く。湖を渡ってきた風ほどではないが、やはり冬の風は冷たい。それでもクルルはしっかりと荷車を牽いていく。

リケが手綱を握っている、とは言え最近はもう半分形だけみたいなもので、何事もなければ「勝手知ったる」と言わんばかりにクルルは自分のスピードで街道を進んでいく。

もし不審なところをサーミャかヘレンが見つければ、声をかけてリケが手綱を操り、クルルがスピードを落とすことになっている。

それも最近ではリケが操るまでもなく自分でスピードを落とすらしい。

では、リケはもう手綱を握らないでいいのでは？　と思わなくもないが、万が一の時に指示が出せないとマズいとのことで、リケが担当してくれている。

しかし、そろそろ他の人間も出来た方が良かろうという話は出ているので、いずれ誰かがやることになると思う。

この話が出たとき、真っ先に手を挙げていたのがディアナであるのは言うまでもない。

それはともかく、時折寒風がやってくる以外には今のところ平和な街道を、俺たちを乗せた竜車はのんびりと街へ向かっていった。

「お、あんたらか」

「どうも」

街の入り口にさしかかると、顔見知りの衛兵さんが声をかけてきた。夏や秋口と違い、鎧《よろい》の上からマントのようなものを羽織っている。

マントには見覚えがある紋章があしらわれていた。言うまでもなく、この街の領主たるエイムール家の紋章である。防寒用途として羽織っているのだろうが、その役にどれくらい立っているのか、寒そうな様子を全く見せない。

もしかすると、彼ら独自の防寒の秘訣とかがあるのかもしれない。機会があったら聞いてみたいところだ。

「寒くなったたな」

「そうですねぇ。皆さんも寒さで病を得ないようにお気をつけて」

「もちろん。あんたらもな」

「ええ、ありがとうございます」

いつもは挨拶《あいさつ》を交わすとすぐに目を街道にやる衛兵さんが、珍しく季節の挨拶のようなものをしてきた。

それだけこの時期は――〝比較的〟という前置きが必要だろうが――平和だということだろう。

人通りも少ないのかと思っていたが、予想に反して思ったよりは人通りがある。まだ本格的な冬というわけではないし、今のうちに支度をしておくのは街の人間も同じなのだろうか。

幾分大きくなったルーシーにこっそり手を振る無愛想な露店のオヤジさんを横目に見ながら、クルルの牽く荷車は人々で賑《にぎ》わう目抜き通りを進んでいった。

肌寒い中を人々や馬が行き交う。馬の中には早駆けしたのだろうか、身体《からだ》からほのかに湯気をたてているのもいる。

人々があちこち忙しそうにしているところを見て、〝師走〟という言葉が頭をよぎった。

ふと見ると、壁の向こうに立ち上る煙が見える。火事……ではなさそうだ。おそらくは壁内の家で暖炉に火を入れているのだろう。

そういえば、早々にマリウスと知り合ったので、この街にどんな人達が住んでいるのか知らないな。壁内に入ったこともないし。

本来は立ち入ることが難しい都の内街の方がまだ馴染《なじ》みがある。

「ああ、代官の他には騎士が数人てところよ。結構広いからね、うちのとこ」

〝街の領主〟と聞くと、この街だけを治めているように思ってしまうが、無論そうではなく、この周囲にある農地も領地であるらしい。

全体を代官が取り仕切り、騎士達が補佐をしているらしい。街と農地からくる「あがり」の一部も彼らの収入になるし、いざ事が起きたときに、まず矢面に立って戦うのは彼らなのだと、大筋をディアナが言って、ところどころアンネが補足していた。

アンネが隣国の事情に通じているらしきことはこの場は目を瞑《つぶ》っておこう……。

「いずれルロイが越してきて、今の代官さんは晴れて隠居か」

「いつになるかはともかく、そのはずね。前に兄さんが言ってたし」

ルロイはマリウスの副官で、次期代官の修業中だ。

少しだけ新しい街も、いつもの街になっていくのだろうか。そんなことを少しだけ思った。

「あ！」

荷車をカミロの店の倉庫に入れた後、みんなと一緒に娘達を連れていった裏庭に、明るい声が響いた。この店の丁稚《でっち》さんだ。利発そうな目に喜びの色が宿っている。

……この子のことを考えると、冬の間来ないのもかわいそうかな、などと考えてしまう。店の人達も良くしてくれているようだし、きっと街に友達もいるんだろうが、この時間にうちの子達と一緒に過ごすのも、丁稚さんには良い経験になっていると思うからだ。

だが、丁稚さんはよその子、カミロなり番頭さんなりから頼まれない限り、気遣いが過ぎればそれは嫌味になりかねないし、控えておくべきか。

「寒くなったなぁ」

「そうですね。なので……」

丁稚さんが庭の隅の方に目をやった。裏庭に入ってきたときから目にはついていたが、昼でもなお赤く燃える焚《た》き火《び》がそこにはあった。

「用意してくれたのか」

「ええ。寒いといけないので」

いずれ走り回るのだろうし、そうすれば汗をかくほど身体が温まることは間違いないのだが、汗をかいた後にそれが冷えると、体温を奪われてよろしくないこともある。焚き火でそのへんの調節が出来そうだ。

「ありがとうな」

俺は丁稚さんの頭を撫でると、すっかり見慣れた裏口から店の中へ入っていった。

いつもの商談室に入ると、程なくカミロと番頭さんがやってきた。

「よお、急に寒くなったな」

「そうだなぁ。夜は火が欠かせないよ」

「昼も夜も火が必要ってわけか」

「だな。ありがたいことだよ」

そんな他愛もない話をカミロと交わした。ちょうど気温の話も出たことだし、俺は話を切り出す。

「寒いと言えばだ。次の納品をいつもより先延ばしにしようと思うんだ。あまり寒い中を行き来するのもな」

番頭さんが淹《い》れてくれた何かのハーブの茶を啜《すす》る。温かさが喉《のど》から身体に染みこんでいくのを感じた。

「とは言っても、延びて困るようなら別にそれを蹴《け》ってまで冬ごもりしようってわけでもないんだ。その辺どうかと思ってな」

「ん。そうだな」

カミロは口ひげをいじりながら天井を仰いだ。

「あればあるだけ嬉《うれ》しい、というのが正直なところだな。在庫が多少出ようとも売る先はあるし」

「ふむ……」

「ま、無けりゃ無いでどうとでも出来るさ。さすがにいつまでもない、ってのは困るが……」

「さすがに完全に春になって木々が青々とするまでは来ない、なんてつもりはないよ」

「それを聞いて安心したぜ。さすがに延々と売り切れなのは困るからな」

ニヤッとカミロが笑った。かと思うと、少し表情を引き締める。

「じゃ、今回は六週間分くらい持っていくのか。運べるか？」

カミロが言って、俺はリケとリディの方を見やる。彼女達は二人ともコクリと頷いた。

「大丈夫そうだ。なに、いざとなれば久方ぶりに俺が担ぐよ」

「おいおい、それで身体壊したりするなよ」

「まだまだ平気さ」

今んとこはな。あと一〇年もしたら厳しくなってくることはもう知っている。

「何かあったら、アラシをやってくれ」

「そうだな。そうするよ」

そう言ってカミロは番頭さんの方を見る。番頭さんはいつもの作業をしに部屋を出て行った。

「ああ、アラシなんだが」

「なんだ、また何かあるのか？」

苦笑するカミロに俺は頷いた。

「ほら、いつもここでしてくれる話があるだろ」

「ああ、あちこちで仕入れてくる噂《うわさ》だとかか」

「あれを手紙に纏《まと》めて、週に一度くらいの頻度でアラシで送ってくれないか？」

「他に世間の話を知る術《すべ》もないいか」

「そうなんだよ。それですぐに何か困る、ということもないんだろうが……」

「知っておいた方が良いこともあるだろうからな」

俺は再び頷《うなず》く。そして、マリウスの話をしようとしたが、

「じゃ、伯爵閣下にも都の話やらを聞いておくか」

「それも頼もうとしてたんだよ」

「そりゃ、話を欲しがっているわけだからな。察しはつくさ」

カミロは大げさに肩をすくめる。商人であればこれくらいは普通に思いつくか。鍛冶屋《かじや》の俺が思いつくくらいだし。

「もちろん、金は払うから」

「おっ、いい稼ぎになりそうだ」

「お手柔らかにな」

カミロが大きく笑い、俺は苦笑する。

「が、金は少しで良い」

「ん？　ちゃんとかかった金と手間賃くらいは取ってくれよ。そっちの方が互いに気が楽だろ？」

「いやぁ」

カミロはそう言って頭を掻《か》いた。

「お前んとこだけじゃなくて、他にも上手《うま》く売れそうだなと思ってな。値引きはその分だ」

少しだけ決まりが悪そうに、しかし、少年のように目を輝かせてカミロは言った。

もしや、俺は新聞のはじまりのようなものに手を貸してしまったのでは……。

いや、大量に印刷できるようになるまでは、情報が大規模に拡散することもそうはあるまい。大きな告知は蜜蝋《みつろう》を塗った立て札の表面を引っ掻いたものでなされたりするくらいだし。

あまり大儲《おおもう》けはしてくれるなよ。俺はカミロにバレないよう、心の中でこっそりとそう思った。


「で、都のほうはどうなんだ？」

「ん？　ああ、大きなことはない……んだが」

カミロは茶に口をつけた。一口飲むと、口ひげをいじる。彼が話をしようかどうか迷っているときの仕草だ。

俺は自分も茶を飲んで、カミロが話すかどうか決めるのを待った。ヘレンが焦《じ》れている気配がするが。

「一応、お前の耳には入れとくか。話を売るって話もしたし」

カミロはもう一度茶を啜ると、俺を見据えた。

「北方から人が来ただろ？」

「ああ」

色々なすれ違いで、不幸な出会いになってしまった一件だ。そういえば、カレンさんの作品（？）を見る約束をしていたな。届いたら俺だけでも街に出てくるか……。

「あの時、俺なりに裏は取ったんだよ。で、大丈夫だと判断した。でなきゃお前のとこにはやらんからな」

カミロの言葉に、俺は深く頷いた。その辺りは俺も大きく信頼を置いているところだ。

「で、あれがあってから、もう一度調べてみたんだが、どうも俺のところにくる情報が意図的に改ざんされていた感じがある」

「ほう」

カミロくらいになれば複数の情報源、情報網を持っていてもおかしくない。それこそ、マリウスですら知らないような。

それを操作できるほどの力を持っているとすれば……。

「〝公爵派〟か」

「だと、俺は睨《にら》んでいる。ま、そこで尻尾《しっぽ》を出すような連中でもないからな」

「だろうな」

そこであっさり尻尾を掴《つか》まれるようなら、サッサと侯爵とマリウスが排除していることだろう。

〝主流派〟と呼ばれる派閥と丁々発止やりあい、なんなら〝主流派〟を追いやるほどで、そうなれば王国の政治をガラッと変えかねない連中が、そんなうっかりでは務まるまい。

「そんなわけで、お前に売る話に細工されたものが混じる可能性がある。伯爵閣下のはそのままソックリ渡すが、そっちもまぁあくまで〝主流派〟から見た話だ、ってのは覚えておいてくれ」

「分かった」

まぁ、情報というものは多かれ少なかれ主観やら何やらが混じってしまうことがあるのは仕方ない。シマウマを白地に黒縞《しま》だと思ってそう言うか、黒地に白縞と思ってそう言うかだ。シマウマの場合、実際には後者らしいが。

それはさておき、俺が〝新聞〟に期待しているのは、この世界全体の空気というか、匂いのようなもので、大まかに何が起きているかを知りたいのだ。

基本的には〝黒の森〟に籠《こ》もってるからな。どのみち、例えば明日ふらっと旅に出たとして、この世界で俺が知り得る範囲はかなり狭いだろう。それはそれで楽しい人生だと思うが、それをしたいならウォッチドッグにそう言ってるからな。

その点、カミロであれば自身は動かずとも、あちこちから色々な話がやってくるに違いない。いずれ興が乗ればかなり遠いところの話も仕入れてきてくれるかもだし。

それでまぁ、鍛冶屋仕事のヒントみたいなものがあればなお良いな、といったところだ。うちにある希少な鉱物たちも一筋縄ではいかなそうだし。

「それじゃ、とりあえず頼んだ」

「おう」

こうして、この冬最後になるかもしれない商談をつつがなく終え、俺たちは商談室を後にした。

商談室を辞して、俺たちは裏庭に戻る。すると、うちの娘たちと丁稚さんの四人はパタパタと走り回っていた。いや、ハヤテは飛び回っていたが。他の店員さんも相変わらず微笑《ほほえ》ましげに見守っている。

しばらくはこの光景も見られないと思うと、自分で決めたこととは言え、若干の後悔のようなものも感じるな。

「あっ」

出てきた俺たちに気がついた丁稚さんは駆け寄ってきた。どうやらかなり走り回っていたようで、吐く息の白さがそれを物語っていた。

後ろから慌てたようについてきた娘達も、負けず劣らず白い息を吐いていて、更に裏付けている。

その原因について、丁稚さんは短く白い息を吐きながら言った。

「ルーシーちゃん、速くなりましたねぇ」

「そうか?」

「ええ、とっても。身体も大きくなってきましたし」

丁稚さんはニッコリと笑う。そういう彼もどことなく、子供っぽさが抜けてきているような。いや、人間の成長はさすがにそこまで早くはないか。

俺は彼の頭を撫《な》でて、お守り代とお小遣いとして貨幣を一枚渡す。丁稚さんはペコリと頭を下げる。

「ありがとうございます！」

「こちらこそ、いつもありがとう」

丁稚さんは、竜車が離れるまで勢いよく手を振り、それを荷車の後ろから見ていたルーシーの尻尾も勢いよく振られている。

それを発見したディアナの声にならない歓声と同時に、久方ぶりに俺の肩のＨＰは減っていった。

「どう思う？」

荷物を満載したクルルの牽《ひ》く竜車が街を出て（ルーシーが衛兵さんに愛想良くして和ませていた）、俺は皆に言った。

「あの男の子？」

「いやいや……」

ディアナが言って、俺は苦笑する。丁稚さんは良い子である、というのは間違いなかろう。わざわざ聞くまでもない。

もし、あれでとんでもない裏があったら、俺はしばらく人間不信に陥ることうけあいである。

「〝公爵派〟の話？」

「うん。そういうのには疎いからなぁ」

「そうねぇ……」

話はアンネが引き取った。一応北方出身の家名持ち、ということになっている俺ではあるが、実際にはそんなことはまったくないわけで、政治というか宮廷的なあれこれはピンと来ない部分が多い。

その辺りは専門家……というにはいささか豪華すぎるようには思うが、ディアナやアンネに任せるに限る。

「カミロさんの見立ては正しいと思うわよ。〝公爵派〟としてもこれ以上〝主流派〟の勢力を伸ばすわけにはいかないでしょうしね」

なんせ〝主流派〟とまで言われている派閥だ。今でも勢力として大きいだろうに、それ以上伸びられてもな。

しかし、だ。

「北方の一団の話がカミロにちゃんと伝わると勢力が伸びるのか？」

「エイゾウってその辺り無自覚ね。そういうのもあって北方を離れたのかもしれないけれど」

アンネは大きくため息をつく。ガタゴトと結構な音を立てている荷車の音を乗り越えてくるような大きさだ。

「周りにいる人達を見てみなさいよ」

言われた言葉そのままに、俺はぐるりと頭を巡らせる。途中目が合ってルーシーの頭を撫でたりしたが、アンネの言わんとするところはなんとなく分かったような気がする。

「ここにいる人達だけでも、〝黒の森〟の獣人、ドワーフ、伯爵家令嬢にエルフ、腕っこきの傭兵《ようへい》とそして帝国皇女」

アンネは指を折っていく。挙げられたサーミャ達が一瞬怪訝《けげん》な顔をした。

「ここにいない人だと、〝主流派〟の筆頭と言っていい侯爵に伯爵、気鋭の商人。王国付きの文官。それに市井にも知人友人が沢山」

指を全部折ると、アンネはパッと手を開いた。俺の脳裏には今挙げた人々の顔がよぎる。

「全容は把握はされてないでしょうけど、魔族からも依頼があったって聞いたし、〝黒の森〟の主リュイサさんに妖精族《ようせい》の人達もいるわけでしょ」

「そうだな」

「何をどうするかはさておいて、それら全てに繋《つな》がりがあるのが貴方《あなた》よ、エイゾウ」

アンネはそう言うと、表情をキリッと引き締めた。

「もしあそこでカミロさんに情報が伝われば、ちゃんと正面から説明したほうがいいってことになって、話が綺麗《きれい》にまとまったかもしれない。そうなれば、今挙げた人達の他に北方への繋がりをも持つことになる」

そこまで言って、クスッと笑うアンネ。

「ま、そこの妨害は半分以上失敗してるけどね」

「カレンさんが都に残ってるからか」

アンネは頷いた。

「繋がりとしてはまだ維持されちゃってるからね。本当は破局を狙いたかったところを、伯爵が奔走した結果、逆に妨害した形でしょうね。もっと強力な繋がりのはずが弱まってはいるでしょうけど」

「ふーむ。俺はただの鍛冶屋だから、そんな影響力を発揮しようとは思わないけどなぁ……」

「でしょうね。〝主流派〟の人達もそうは思っているはず。でもそれは〝公爵派〟には分からないし、直接説明したところで信じないでしょうからね」

アンネは遠くを見やった。警戒なのか、それともその他の何かか。

「ちょっと気をつけておく必要があるかもしれないわね」

車上の全員がハッとした顔になる。俺の背中に走った寒気が、今吹き付けた寒風によるものか、はたまた別のものなのか、俺には判別がつかなかった。

「うーん、多少危険度が上がっているなら、少しでも警報装置だけは作っておくか」

納品を終えて帰る街道の上、俺は言った。

とりあえずは紐《ひも》に足なりなんなりを引っ掛けたら、鳴子がカランコロンと派手に鳴るだけでも良いのだ。それを俺たちが実際に聞きつけるかどうかはどちらでも良くて、目的は「聞きつけられたかも」と侵入者に思わせることにある。

派手な音が響いたが、何も起きないし聞こえてこない。これは果たして気がついてないのか、それとも何かの方法で覚《さと》られずに待ち伏せの態勢を整えているのか。……と思わせられれば、その時点で撤退することもあり得るだろう。

俺たちは〝黒の森〟に住んでいる。文字通りの地の利を得ることが可能だ。待ち伏せを警戒しても、それには限界があると考えてくれるだろう。多分。

もちろん、併せて矢でも飛ばせれば警告としては上々だろうが、ひとまずは見送っても問題あるまい。

ということを続けて皆に説明する。気がつけば、周りはシンと静まりかえった森になっていた。

「そうですねぇ……」

リディがおとがいに手を当てている。さっきまで話を聞きながらもあちこちに視線を巡らせて警戒していたヘレンも、同じようにして考えてくれているようだ。

森に入ってしまえば、俺たちにとっては街道よりも安全だからな……。

それでも、全く気を抜いているわけでもなさそうではある。俺も周囲に目をやると、いつもならそれなりにいるはずの動物達の姿があまりない。

群れをはぐれたか何かだろうか、かなり遠くの方に大きいらしい樹鹿の姿を一頭見かけただけだ。

「春を待ってからでも良いと思ってましたけど、鳴子だけでもつけましょう」

ややあって、少し俯《うつむ》き加減《かげん》になっていた顔をあげたリディがそう言った。ヘレンも頷《うなず》いている。

「うちには優秀な子もいるけど、なるべくここでの戦闘はやめといたほうが良いだろうからな。来るか来ないかも分からない、ってなら用意しといた方が良さそうだ」

そう言ってヘレンはルーシーを撫でた。彼女は狼《おおかみ》の魔物である。最近成長著しい彼女なら、言葉は悪いがさぞ優秀な衛兵であることだろう。

しかし、基本的にはうちの子達にあまり物騒なことをさせたくないのはヘレンも同じらしい。

「狼たちもこの時期はお休み、ってなら余計にかな」

「そうだな」

もう少し暖かい時期なら、この〝黒の森〟を狼たちがそれこそ衛兵のように歩き回っているので、多少は警戒を任せることも出来るだろうが、冬の時期は動きが鈍いとサーミャも言っていたし、そもそも別にうちを守ろうと巡回してくれているわけではない。過度な期待は禁物である。

「よし、それじゃあ明日からはその辺をやっていくか。今日は全面的にお休みにしよう」

俺がそう言うと、皆から了解の声が返ってくる。その声は冬の風が渡り、主に葉擦れの音だけが聞こえる森の中に響いた。

◇　◇　◇

翌朝。俺は寒い朝の日課を終えて家に戻ってくる。居間では湯で皆が身支度を整えていた。俺はかまどに火を入れて、軽く手を温めた。

「なんだか降ってきそうだったな」

あまり大きくない声で俺はそうひとりごちる。さっき娘達と水を汲《く》みに行くとき、雲が空を覆っているのに気がついた。

雨……の割には雲が重くなさそうだったので、降るとしたら雪か。冬本番にはまだもう少し早いと聞いていたが、「あわてんぼうのサンタクロース」よろしく、少しだけ急いでやってきたのかもしれない。

などと思いながら朝飯を済ませ、今日の作業をするべくリケと二人で鳴子に使う木材や紐を用意していると、

『わぁっ』

と表から皆の声が聞こえてきた。

何事かと俺とリケで慌てて外に飛び出すと、空からふわふわと落ちてくる綿毛のようなもの。

そう、雪がこの〝黒の森〟を白く染め上げるべく、降ってきたのだった。

4章　〝黒の森〟にも白い雪

「降ってきたのか」

チラホラと落ちてくる雪を見て、俺は言った。ハーッと大きく白い息を吐いたディアナが隣に来る。

「積もるかな？」

「どうだろうな。これくらいだとあんまり積もらなかった記憶があるが」

とは言え、それも前の世界の知識である。大きめのが降って地面を冷やし、その後粉雪に変わると綺麗に積もったりしていた。

今降っているのは大きめのではあるが、雪量がそこまででもないので果たして積もるかどうか。

ふと見れば、うちの娘三人がはしゃぎ回っている。ハヤテはもう立派に成人ならぬ成竜しているらしいのだが、幼子に交じっていると童心に返るのだろうか。

いや、はしゃぎ回っているのは娘たちだけではない。娘〝さん〟たちもである。サーミャとヘレンとアンネが一緒になって走り回っていた。

リディは傍らで手のひらに雪を受け止め、興味深そうに眺めていて、横からリケが覗《のぞ》き込んでいる。

ルーシーが器用に降ってくる雪をヒョイパクヒョイパクと口に入れはじめた。雪って核になる粒子があるから、見た目に反して綺麗なものでもないのだが、あんまり目くじらを立てるのも野暮だろうか。

「あんまり食べすぎると、お腹《なか》壊すからほどほどでやめとくんだぞ」

俺が言うとルーシーはこっちを見て、

「ワン！」

と大きな一声を上げる。そのあと、あまりヒョイパクはせずに、クルルやハヤテと純粋に舞う雪を追いかけ始めたので、どうやら理解はしたらしい。

肩に連続した衝撃を感じながら、俺はこの後の作業に使う道具や材料を取りに、鍛冶《かじ》場に引っ込んだ。

「よーし、それじゃあ始めるか」

『おー！』

「クルルルル」「ワンワン！」「キュー！」

寒さが辛《つら》くなってきたら当たるための焚《た》き火《び》を前に宣言すると、元気の良い返事が返ってきた。雪の寒さでテンションが下がっていたらどうしようかと思ったが、完全な杞憂《きゆう》だったようだ。

皆分かれて、ここが良さそうだ、あそこはどうだと話している。

あれから雪は降り続いていて、うっすらとだが地面を白く染めている。勢いはかなり弱まってきたので、一センチも積もったりはしないだろうが。

ふと、前の世界のテレビ番組で、雪の森の中でツリーハウスを作っていくのがあったことを思い出した。

「ツリーハウスか……」

ツリーハウスと言えば、なんとなしログハウスに次いでスローライフの代名詞のような感じもするな。アメリカなんかだと子供の秘密基地的なものとして親が作るんだっけか。

うちの場合はクルルの体格が体格なので作っても入ることは難しそうだ。

どっちかというと、大人達がのんびり過ごす離れのようになるだろうか。

いや、多分同じ番組でやっていた動物観察小屋みたいになるな。寄ってこないだけで動物多いし。

もしくは監視小屋だ。状況から考えると、その目的でなら作っても良さそうな気がしてくるな。

そのうちヘレンかアンネに相談してみるか。

単に作りたいだけ、というのも否定しにくいところだが。

「一つはここにしましょう」

俺とディアナ、そしてリディがここでもない、あそこでもないとワイワイやりつつ家から離れながら検討し、やがてリディが指し示したのは、冬の時期になお青々とした下生えを残す一角だった。

ここだと家からギリギリ見えなくもない場所で、「聞こえたかも」と思わせられるし、逆に警報装置があることによって家の位置をバラしてしまうこともなさそうだ。

普通の来客がここを通ることもあまりないだろう。森の入り口から来たときには通らないところだからな。

「じゃ、ここに罠《わな》を張るか」

俺が言うと、二人は頷いた。

テキパキと縄を張る二人を見ながら鳴子をササッと組み立てつつ、これの出番があんまり無いと良いのだけどな、と俺は思った。


俺はいくつか鳴子を作り終わるとリディ達に引き渡す。ディアナが振ると、鳴子は軽快な音を立てた。しんと静まりかえっている——厳密にはうちの家族がはしゃぐ声が聞こえているが——〝黒の森〟に思いの外大きく響く。

「これなら鍛冶場で作業してても誰か気がつくかもなぁ」

「そうね」

ディアナがそう言った。リディも頷いている。ちなみにエルフのリディの耳は長いが、特段音が良く聞こえるとかではないらしい。人間（とドワーフと巨人族）と比べれば多少は聞こえるそうだが。

うちで一番耳が良いのは獣人のサーミャである。狩りの時もその聴力で獲物を見つけたことが多々あるらしい。

それはさておき、これだけ響けば引っかかった者に自分がドジを踏んだであろうことを知らせるには十分だろう。

「よし、それじゃここは頼んだ」

「うん、分かった」

ディアナが頷く。俺は他の警報の位置を確かめるべく、その場を離れた。

「ふっふっふ」

ヘレンが不敵に笑っている。うちに来てから機嫌の悪いところをあまり見てないが、今日は特に機嫌が良さそうである。

罠を仕掛ける、というのが久方ぶりで嬉《うれ》しいとかだろうか。彼女が見る先を俺も見てみると、かなり目立つように縄が張ってある。慣れていない素人でもすぐに分かりそうな張り方だ。

ヘレンがうっかり目立つように張ってしまったとも思えない。とすると、あり得そうなのは……。

「ダミーか？」

俺は近寄ってそっと手を出した。特に止めてこないので、そのままグイッと縄を掴《つか》んでみると、カランコロンと高らかに音が鳴る。

「よしよし」

振り返ると満足そうなヘレンがアンネとハイタッチをしていた。文化としてそういうものがある、というよりは感情がそう動いた結果っぽいな。

それを少し微笑《ほほえ》ましく思いつつ、ダミーと見せかけて本物とはやるな……と感心しながらふと見ると、下生えに隠れているところに別の縄があるのに気がついた。

そっちも掴むと、やはりカランコロンと鳴子が鳴った。それと同時に、ダミーだと思っていた縄が少し揺れる。

「ははあ、繋《つな》いだのか」

「ご名答」

縄はダミーを乗り越えても引っかかるような、絶妙な位置にも仕掛けてある。

そもそもダミーと思えるものであっても、鳴子が鳴るものが一本でも含まれていれば、全てについて警戒せねばならない。

それで警戒して乗り越えようとすれば、そこにも仕掛けてあるというわけだ。

さすがプロと言うべきか。短時間なのに罠のお手本みたいな仕掛け方をしているのだ。

「さすがだな」

ヘレンはそう言った俺の言葉を聞いて、ニンマリと笑う。そのヘレンの後ろでは、金槌《かなづち》を持ったアンネがどうだと言わんばかりに腕を組んで立っている。

俺はその二人の肩を叩《たた》いて、リケとサーミャのいるほうへ向かった。

「おお、これはまた……」

発想としてはサーミャたちもヘレンたちに似たところに至ったらしい。こちらは視線を誘導しておいて、その死角になるようなところに仕掛けてあった。

俺はまんまと引っかかり、カランコロンと派手な音を鳴らす羽目になったのだ。

それも一つに引っかかってそれから離れるように動けば次のに引っかかる、といった具合で律儀にほとんど片っ端から引っかかってしまったが、位置は良く確認できたので結果オーライということにしておきたい。

「こりゃまた凝ってるな」

俺が素直に感心すると、サーミャがフンスと鼻息も荒く胸を張った。

「動物を捕まえる罠の応用らしいですよ」

「へえ」

リケが言って、俺は辺りを見回す。引っかかってきた場所から考えると、ちょうどここが罠の中心になりそうだ。なるほど、大きく網をかけるように仕掛けられているのだな。いつの間にか中心に寄せられてしまうわけだ。

狩りの時は中心に来たところで弓で仕留めるのだろう。今回は別の罠でも仕掛ければ高い効果を得られるかもしれない。

「さすがサーミャだな、見事なもんだ」

俺の再びの感心に、サーミャはさっきより一層鼻息を荒くし、一層ドンと胸を張った。


結局のところ、雪は早々に降り止《や》んでしまった。娘たちが名残惜しそうにわずかばかり白くなったあたりの雪を触っている。

当初の勢いのまま降り続けていれば、それなりに積もっただろうから、娘たちにとってはいささか残念な状態だ。

だが、それだけ降ったり積もったりするということは、すなわちそれだけ寒さが続くということに他ならないわけで、あまり良いことでもなさそうではある。

このちょっと遊べるくらいがちょうど良い塩梅《あんばい》だろうな。

「あとはもう籠《こ》もるだけか」

そうひとりごちると、言葉は白くなって口から出てくる。昼をやや回っているし、雪も降り止んではいるが気温は相変わらず低いらしい。体を動かしたので、多少体温が上がった影響もあるだろうが。

「完全に籠もるだけというわけにもいかないだろうけど、狩りも休みで森から外に出ないからな」

サーミャが腕に束ねた縄を持ちながら言った。

いよいよ、せいぜいが温泉かあるいはちょっと何かを取りに行くくらいの日々が始まる。

納品物はその間も作り続けるし、生活はあるのだが、六週間……つまり、一ヶ月以上もの間出不精状態で過ごすのは、前の世界を含めても初の経験だ。

のんびりと暮らしたいと思っていたのに、なんだかんだと忙しい日々が続いていたしなぁ。

その後はまた二週間に一回納品に行く日々が始まるが、多少羽を伸ばしたところで罰が当たることもなかろう。

時間はたっぷりあることだし、希少鉱物の加工を試してみるのもありかなぁ。

「よーし、遅くなったけど昼にするか」

これから来るのんびりした時間をワクワクした気持ちで楽しみにしながら言うと、家族の皆から返事が返ってくる。

それは静まりかえった〝黒の森〟の冬ごもりの一声のようにも、俺には聞こえた。

「そういえば、畑は大丈夫なのか？」

「畑ですか？」

干し肉を戻して、畑の野菜と一緒に炒《いた》めたものをつつきながら、俺はリディに聞いた。

この野菜もちょっと前に収穫したあと、干して保存していたもので、ニンジンっぽい根菜が主である。葉物野菜は基本採ってすぐ食べちゃうからな……。

数少ない例外がこの炒めものにも入れた干しキャベツ（みたいな野菜）だ。元の世界ではそのままでも十分甘みを感じる野菜だったが、この世界のものはえぐみが少し強い。

元の世界でもキャベツが虫害にあうと身を守ろうとして苦みのもとになる成分を出すというが、それに近い状態なんだろうなぁ。

品種改良を続けて、虫害やその他の害からキッチリ守れれば甘くて美味《うま》いキャベツのような野菜になりそうな気はするのだが、それをやるなら鍛冶屋ではなく農家のチートを貰《もら》っておくべきだっただろうな。

異世界でのんびりと農家か……。なんだか子沢山でどんどん家が村へと発展していきそうだ。そういう生活も良かったかもしれないが。

それはさておき、干したことによるものか若干苦みが薄れたキャベツも当然畑でとれたものなわけで、いかにエルフの種が魔力によって尋常ではない生長をすると言っても、寒風吹きすさぶ中すくすく育つほどではあるまい。

「寒さで野菜がやられてしまったりしないのか？」

「ああ」

リディはポンと手を打った。

「根菜がメインですし、ここは魔力が豊富ですからね。さすがに葉物野菜は少し厳しいでしょうが」

「根菜と言っても、葉っぱがやられたら育たないんじゃ？」

「そうですね。でも根が生きていればけっこう育ちますよ」

「それで、冬の間はどんな作物を作るんだ？」

「ええとですね……」

俺が水を向けると、リディは嬉々《きき》として今後育てたい野菜の名前を挙げはじめる。

俺と家族みんなは、野菜の名前を聞いた後、その味や出来そうな料理の話で盛り上がるのだった。


昼食も終えて午後。とは言っても、元々昼食が遅めだったこともあって、今から鍛冶《かじ》場に火を入れて作業をするには中途半端な時間だ。

もちろん、ちょっと遠出するのも厳しいだろう。出来て周辺の散歩くらいか。

そんなわけで、今日の午後は好きなことをする、つまりは休みということにした。午後休……懐かしい響きだ。

家のことをしていたとは言っても、なんだかんだで働く時間が多かったし、それに比例させて、のんびりする時間を増やすのは悪い話ではないだろう。

「さて、何をするかな」

家の片付け……とも思ったが、実はちょいちょい片付けているので、やることもないんだよな。そもそも家には物があまりない。ここでの生活に必要な物品がそう多くはないからだ。生きていくだけなら、今日今からここを放棄してもなんとかなりそうなくらいの物しかない。

まぁ、鍛冶屋としてやっていくなら、ここから着の身着のままで飛び出すのは大きな痛手になるから、それは遠慮しておきたいところだが。魔法の火床《ほど》や炉はおいそれと手に入るものではないだろうしなぁ。

娘たちの相手はサーミャにディアナとアンネが張り切って出て行ったので、彼女達に任せよう。俺も加わって問題は無いと思うが、毎朝一緒に水汲《みずく》みに行ってるからな。チャンスのあるときはなるべく他の家族に任せたい。

リケとリディは畑の手入れをしに行くそうである。そっちもすっかり任せっきりなので、たまには手伝おうかなと思っていると、服の裾《すそ》を引かれた。

こういうとき、大抵一緒に出て行くヘレンが珍しく残っている。

「どうした？　何かあるならなんでも言ってくれていいぞ。知っての通り暇だからな」

「いや、うん。剣の調子を見て欲しくてよ」

「ああ」

アポイタカラ――青く光る特殊な金属――を鋼でサンドイッチした構造の彼女のショートソード二振りは、俺がチート全開で作ったこともあって、そう滅多に傷むものではない。

だが、それは全くノーダメージのままかと言えばそうではない。振るえば多少の歪《ゆが》みなどは避けられない。とんとその機会も遠のいてはいるが、狩りやなんかの際には出番が回ってくることもあるのだと言う。

「聞いてる限りなら火を入れるまでもなさそうだし、いいぞ」

「やった！」

多少の歪みを鎚《つち》で叩いてとるくらいなら、火床に火を入れずとも出来る作業だ。夕食の準備（ヘレンは夕方の剣の稽古《けいこ》）までの時間を過ごすにはちょうど良かろう。

俺は思いの外はしゃいでいるヘレンに、ショートソードを持ってくるよう言ってから、鍛冶場への扉を開ける。カランコロンと鳴子が鳴る音が、なんだか少し機嫌良さそうに聞こえた。

「どれどれ……」

俺はヘレンから手渡されたショートソードを眺める。もちろんチートを使いながらだ。自分でも手入れはしているのだろう、鋼の部分の輝きが曇っていることはなく、柄《つか》の握り革は巻き直した跡があった。

聞いていた使用頻度からすると、握り革の傷みが早いような気もするのだが……。

「ん？　ああ、そりゃそっちで訓練することもあるし」

そこを指摘すると、ヘレンからはそう返ってきた。何かに斬りつけたりすることはなくとも、振るうだけをすることは結構あるということか。

「俺で巻き直せるけど、どうする？」

「いや、いいよ。アタイに馴染《なじ》んでるし」

「わかった」

こういうところは下手に俺が手を出すよりも、慣れている本人が馴染む方法でやるのが一番だ、と俺は思っている。

これがたとえ剣の研ぎでも俺はそう思うだろう。俺のほうが精度良く、切れ味も良いとしても、本人にとって使いにくければ、そんなことは些末《さまつ》なことでしかない。

そしてその刃の部分は特に欠けたりということはなかった。アポイタカラの特性なのだろう。ただ若干鈍っているように見えるので、研いでやる必要がありそうだ。

あとは全体がほんの僅《わず》かばかり歪んでいるくらいだ。これなら、ちょっと調整してやれば大丈夫だろう。

「どうだ?」

「これくらいなら、すぐ直るよ」

僅かだけ心配の色をにじませてヘレンが聞いてきたので、俺は正直な見解を答えた。

ヘレンはホッと胸を撫《な》で下ろす。

「万が一ヤバかったらどうしようかと思ったぜ」

「その時はまた俺が打つだけだよ」

「いいのか?」

「ちょうど試したい鉱物もあるしな」

「ちぇっ。アタイのはついでかよ」

ヘレンがわざとらしくむくれる。俺は苦笑しながら、
「折角貴重な鉱石を使うんだ、一端以上の使い手の手に渡らんとな」
「わかってるじゃないか」
「だろ」
俺とヘレンはそれで向かい合って笑う。さてさて、当代随一の強者の愛剣だ。キッチリ新品同様にして返して差し上げるとしますかね。

コチコチ、と控えめな鎚の音が静かな鍛冶場に響く。火を入れてないときの鍛冶場はかなり静かだ。

ヘレンのショートソードの歪みはあると言ってもほんの僅かだから、あまり強く叩《たた》く必要もない。叩き、まだ差し込んでいる日の光にかざし、また叩く。少しずつ少しずつ、ショートソードは生まれた時の姿を取り戻していく。

チートのおかげで鎚跡もほとんど残らない。最後にそれでもかすかに残る鎚跡を砥石《といし》で均《なら》せば終わりだ。

「はい。これでどうだ?」

俺は調整を終えた一本をヘレンに手渡す。受け取ったヘレンは俺から少し離れると、ブンブンと振った。ブンブンと、は比喩《ひゆ》ではなく実際にそういう音がしている。

空気すら切り裂いて、〝かまいたち〟でも起きそうな勢いだ。あの勢いで斬りかかられたら、盾

を構えていてもあまり意味はないだろうな……。

よしんば斬撃を盾で防げたとしても、衝撃までは防げない。さすがにもげるところまではいかないだろうが、折れるなり外れるなりはするかもしれない。少なくとも痺《しび》れてしばらくは使えなくなるだろう。

ほとんど腕の力でその状態なのだ。更にヘレンにはスピードという、もう一つの武器がある。あの斬撃にそのスピードが乗っかったときの威力がそれこそチート級であることは想像に難くない。

「さすがはエイゾウだなぁ」

しばらくショートソードを振るっていたヘレンが、わずかばかり肩で息をしながら、ショートソードを眺めて言った。

「大丈夫そうか」

「元々そこはあんまり心配してないんだよな。念のためってやつさ」

俺が改めて調子を確認すると、ヘレンが笑いながら返してきた。俺は苦笑する。それが半分照れ隠しであることは否定できないが。

俺は残ったもう一本を手に取ると、金床の上に置いた。

「なあ」

「うん？」

やはり控えめな鎚の音が響く鍛冶場。普段の大声——多分に職業柄もあるのだと思う——からは想像できないような小声でヘレンが聞いてきた。

「エイゾウはどうなるつもりなんだ?」

「うーん……」

考えながら、ちらっと見るとヘレンの目は金床の上に注がれている。思わず聞いた、ってことだろうか。

「ここに来る前が忙しすぎたからなぁ、ここでずっとのんびり暮らしていけたら良いと思ってるよ」

忙しい、の内容はヘレンの想像が全く及ばないところではあるが、それは如何《いかん》ともしがたい。チクリと罪悪感のようなものが胸を刺したような気がする。

「偉くなろうとかは?」

「思わないなぁ。鍛冶屋だし。そういうのは俺の手にはあまる」

「即答だな」

「まぁね」

今でも十分に厄介事に巻き込まれたりしてるからなぁ、とは言わなかった。偉くなってしまうと、今以上に厄介事を抱え込む可能性は上がるわけで、それはちょっと遠慮したいところだ。

「じゃ、ずっとここにいるつもりなんだな」

「そのつもりだよ。世の中がどう言うかは分からないけど、ここは住みやすいし。のんびりしていくには十分だと思ってる」

言って俺はショートソードを陽光にかざした。キラリ、と白い光が青い光を伴って輝く。もうほとんどこれで終わりかな。

俺がここを離れようと思わない理由。それはここの火床や炉、あるいは魔力の話もあるにはあるが、一番は俺がここを気に入っているということ。

そりゃあ、命の危険を感じたこともないではない、というかこの短い間に何度もエンカウントしたが、それは自然を相手にするときのご愛嬌《あいきょう》みたいなもので。

死んだらそのとき、とまでは達観できているわけじゃないけど、それに近い心境もあったりはするのだ。

「じゃあさ……」

もう二～三回叩くか、とショートソードを金床に置いたとき、ヘレンが辛うじて聞き取れるような小声で何かを言おうとした。

俺は聞き取ろうと鎚を振り下ろすのをやめた。

その時である。

カランカランカラン！　と、多少くぐもってはいるがハッキリと木の音が聞こえてきた。

俺とヘレンは思わず視線を交わす。

木の音は今日の午前中に聞いた音、つまりは鳴子の音が響いているのだ。

早速この森の動物が引っかかってしまったのであればいい。まだ怪我《けが》はさせるようなものは仕掛けていないし、鳴子の音を警戒して、それ以降近寄らなくなるなら、それはそれで結果オーライである。

しかし、温泉のあたりはまだしも、鍛冶《かじ》場に近いほうには動物たちが近寄ってくることは基本的にはない。

　大きな動物が来ないからか、ごくまれにリスっぽいのや小鳥など、小さいのがいたりすることはあるが、あの子たちが引っかかることは考えにくいし、引っかかったとして、ここまで聞こえるような大きな音になるかは疑問だ。

　ということはつまり、

「魔物化した動物か？」

「もしくは……」

　俺の言葉に、真剣な眼差《まなざ》しのヘレンが続ける。

「早速どっかの誰かさんが、罠《わな》が実用になるって証明してくれたか、だ」

　俺は金床のショートソードをヘレンに放り投げる。彼女はそれを華麗に受け取ると、飛ぶように鍛冶場の扉へ駆けていく。

　完成品の置いてあった製品のショートソードを手にして、もう既に閂《かんぬき》も外して飛び出していくヘレンを俺は必死に追いかけた。

5章　来訪者

カランカランという音は、俺とヘレンが鍛冶場から飛び出した後も続いている。

どうやら、律儀に仕掛けた意図通りに片っ端から引っかかってくれているらしい。

やはり、これは普通の動物たちではない可能性が高い。動物であれば最初にかかった時点で逃げ出しているからだ。

ヘレンは庭で遊んでいたクルルやサーミャたちの脇を駆け抜けていく。サーミャたちも鳴子が鳴った方を見ながら、身構えている。

「気をつけろよ！」

魔物化した動物か、あるいは「どっかの誰かさん」に聞こえるのもお構いなしに、俺はかなり先を走るヘレンに大声で呼びかけた。

ヘレンは一瞬だけこちらを見ると、ニヤッと笑って速度を上げた。既に相当な速度だったのに、あそこから更に速く走れるのは、〝迅雷《じんらい》〟の面目躍如だな。

俺は木々の間へ姿を小さくしていくヘレンを見送りながら、サーミャたちに合流する。

「親方！」

「エイゾウさん！」

そこへ畑に行っていたリケとリディも加わった。彼女達も鳴子の音を聞きつけたらしい。

「細かい話は後だ。取りあえず、ヘレンが一足先に向かったから、俺も後を追う。サーミャとリディは弓を取って後から来てくれ。他の皆は娘たちとここにいて、危ないかもと思ったら即逃げろ。時間を稼げばリュイサさんが気がついてくれるかもしれないし」

いささか早口になりながら、俺は一気に指示を出す。皆が頷《うなず》いたのを確認して、俺はヘレンが入っていったあたりから森に入る。

ヘレンがどのあたりにいるかはすぐに分かった。

鳴子がまだカラコロと音を立てているし、ヘレンの誰何《すいか》というか、押し問答の声が聞こえてくるからだ。

「どっから来たか言え、ってば」

「あわわ、うちは怪しいもんじゃないですぅ……」

「どうか分かんないから言えって言ってんだよ！」

「ふええ〜」

俺は会話の内容から走っていた足を緩めた。すぐに大きく事態が動くということはなさそうだ。少なくともヘレンの側には。

ヘレンたちの姿はまだ見えてはいないが、ヘレンの呆《あき》れかえるか苛立《いらだ》っている顔が目に浮かぶようである。

対して、なかなかに危ない状況にあるはずの相手方は、えらくのんびりと対応しているようで、それがヘレンの苛立ちや呆れに繋《つな》がっているのは間違いないだろう。

声からして女性のようだが、その女性が対峙《たいじ》しているのはこの世界でも最強クラスの傭兵《ようへい》――今は〝元〟傭兵になりつつあるが――である。変な動きをすれば瞬きをする間もなく、その人生を終えることになりかねない。

どちらかと言えば、ヘレンに知らせる目的で俺は下生えをわざとらしめにかき分けながら近寄る。そして、二人がいる場所へたどり着いた俺は、未《いま》だに鳴子がカラコロと鳴り続けている理由を目にした。ヘレンではない方の女性の腕に縄が絡まっているのである。その女性は倒れ込んでいる。

回りながらコケたとかか……？

その縄の先には鳴子がくくりつけられているため、女性が動くたびにカラコロ鳴るというわけだ。鳴子はあくまで警報であって、捕縛の機能までもたせたつもりはなかったのだが……。

ヘレンは俺の顔をちらっと見てから言った。

「客らしいんだが、アタイらが使う森の入り口から入ってきたら、こんな場所は通らないはずなんだ。で、聞いてるんだけど、埒《らち》が明かねえ」

ここは鍛冶場の出入り口の延長線上に近い。だが、森の入り口から入ってきたなら、まず家に近い方にたどり着く。

その場合は庭を通って鍛冶場に来ることになるわけで、普段ならともかく今日は庭でサーミャたちが娘たちと遊んでいた。それこそサーミャもルーシーもいて察知されないわけがない。

つまり、二人にも察知されずにこちらの方から近づいてきたのは、何らかの意図がある。

「サーミャの到着を待とう。それから話を聞いた方がいい」

「だな」

　サーミャは相手の心が強く動いたとき、それを嗅覚《きゅうかく》で察知できる。例えば、嘘《うそ》をついているときだ。もちろん、完全に隠し通すための訓練を受けていたり、そもそも嘘だと思っていなかったりすれば判別できない。

　サーミャに察知されずに近づいてきた相手ではあるが、それでも彼女にいてもらったほうが良いだろう。

　女性は黒い髪に真っ赤な目をしている。目が赤いのは泣いていて、とかではなく瞳《ひとみ》が赤いのだ。服装は寒さのためか、あるいは動きやすさからか、ゆったりした赤い上衣と白のパンツスタイルだ。肌の色は白く、それが髪の黒さと目の赤さを引き立てている。

　服装とトータルしてどこかのお嬢様風でもあるので、俺は少し「ヴァンパイアのようだな」とも思ったが、この印象は少し失礼かもしれないな。

　その女性は縄が絡みついたままジタバタしている。

「この縄外してくださいぃ～」

「まあまあ、もうちょい待ってくれ。すぐ来ると思うんで」

「そんなぁ～」

　女性は眉根《まゆね》を寄せた。俺たちがここにいることはサーミャならすぐに分かるだろう。弓の用意もそう時間はかからないので、サーミャもリディもすぐに来てくれるはずだ。

はたして期待通り、サーミャはそれからいくらもしないうちに現れた。

「エイゾウ、待たせたな」

「いや、ありがとう」

サーミャに俺は応えた。一緒に来ているはずのリディの姿が見えないが、ここが見えるどこかで気配を消して隠れているはずである。

もし周囲から他の誰かが来たりすれば警告してくれるし、女性が怪しい素振りを見せれば矢を放つだろう。

もちろん、俺もサーミャも、そしてヘレンも、リディがいないことはおくびにも出さない。あくまでサーミャだけを待っていた体で対応する。

「さて、それじゃあまずお名前から伺いましょうか」

「へ？」

女性はキョトンとした顔になった。ヘレンの顔に青筋が浮かぶ音まで聞こえる気がするが、これはもちろん、気のせいである。気のせいだよな？

「あ、あ、うちは」

キョロキョロと目を泳がせる女性。逡巡《しゅんじゅん》が垣間見《かいまみ》えたが、意を決したのか、

「うちの名前はジュリエット、です」

そう名乗った。俺はそのジュリエットさんに話しかける。

「それで、ジュリエットさん」

「あ、ひゃいっ」

ジュリエットさんはビクッと身をすくませた。ここまでオドオドされるとやりにくいな。狙ってやってるなら大したものだが。

「あなたはここへは単に武器を頼みに来た、ということでいいですね？」

俺はジュリエットさんの目をジッと見つめる。キョロキョロと目が泳ぐが、嘘をつこうとしているのかどうかまでは俺には判断できない。

「え、ええ、もちろんです」

ジュリエットさんはおずおずと頷いた。

俺はサーミャのほうを見る。サーミャは首を縦に振った。嘘ではないということだ。

「他に目的はないですね？」

再びジッとジュリエットさんを見つめて俺は言った。

ジュリエットさんがガクガクと頷き、再びサーミャを見ると、やはり首を縦に振る。

「もし嘘をついていれば……」

俺は手を挙げてから、それを振り下ろした。カン！　と音がして、俺たちからそう離れていない木に深々と矢が突き刺さる。

あれはクロスボウの矢だな。リディはリケからクロスボウを借りてきたらしい。

その刺さった矢を見て、ジュリエットさんはさっきよりも凄《すご》い勢いで首を縦に振った。

「最後に、なぜこちらのルートを？　森の入り口からは遠い側のはずですが」

この〝黒の森〟はこの世界有数の危険地域だ。少なくとも一般にはそう認識されている。少しでも早く安全そうなところへ行きたいはずなのに、わざわざ遠いほうのこちらを通る理由は通常はない。

「ちょっとお家《うち》の様子を窺《うかが》わせて貰《もら》おうかと思ったもので……」

「どうして……？」

「大体は外から様子を見れば主《あるじ》がどういう人か分かります。外に乱雑に荷物が置かれていないか、とか」

「ふむ……」

サーミャはまた首を縦に振った。何か嘘をつこうとしていたというわけではないのか。少なくとも普通に依頼に来ただけではあるらしい。

俺がヘレンの方を見て頷くと、彼女も頷いて、ジュリエットさんの腕に絡みついた縄をほどいた。ガサッと音がしてリディが現れると、腕をさすっていたジュリエットさんがビクリとした。どうやら全く気がついてなかったようだ。俺とヘレンの相手で必死だっただろうし、そうなるのももむべなるかな、だな。

途中、庭で待っていた皆には今のところ心配はない旨を説明し、そのまま鍛冶場に移動した。娘たちはディアナに頼んで外にいてもらっている。

これは本当の万が一の時にはディアナ達と娘達で逃げて貰うためだが。

「それじゃあ庭に誰かいるのは気がついていたんですか？」

「はい～」

差し出したカップに入ったお湯割りのワインを一口飲んで、少し落ち着いたらしいジュリエットさんがのんびりとそう言った。

外見からはキリリと怜悧《れいり》な感じを受けるのに、話し方はここに来た頃のアンネに輪をかけてぽわぽわとしているので、違和感を覚えてしまう。

「皆さんで遊んでいらしたようなので、邪魔しては良くないと思いまして」

「なるほど」

言っていること自体におかしな点はない。

おかしいのはそれでもサーミャかルーシーが気づいただろうことだが、遊びに夢中になっていたら気づかない可能性もある。鳴子で警戒しているのはそんな場合でも対処できそうだからだし。

「それじゃ、これはお定まりの質問というやつなんですが」

俺の言葉に、すっかり緩んでいたジュリエットさんの表情が引き締まる。

「ここへはお一人でいらしたんですね？」

この質問に、ジュリエットさんはニッコリと微笑《ほほえ》んで答えた。

「ええ、もちろん。それが条件と聞いたので」

俺から見てジュリエットさんの後ろに陣取っていたサーミャが頷いた。

「わかりました。作りましょう」

「わあ、助かりますぅ」

再び間延びした口調になるジュリエットさんに、気勢を削《そ》がれながらも、俺はこのお客人に大事なことを尋ねる。

「とりあえず、どういうものが欲しいかを教えていただけますか?」

「ええと、短めのナイフが欲しいんです～」

「短めのナイフ、ですか」

「ええ」

ふわりと、ではなく、しっかりと頷くジュリエットさん。

「ふむ。短めと言っても、かなり幅がありますが、どれくらいの大きさをご希望ですか?」

「ええと……」

ジュリエットさんは一瞬だけ虚空を見上げ、こちらに視線を戻し、手でサイズを示す。

「刃の長さはこれくらいで、幅はこれくらいですかね」

彼女が示したのは刃渡りにして十五センチもなかった。作業用としてなら使えるだろうが、武器としてはリーチが少々短すぎる。

だが、作業用ならわざわざここまで特注品を求める必要はないだろう。〝高級モデル〟をカミロのところで買い求めれば良い。

「随分と小さいようですが……」

「あ、ああ！　すみません～。こういう形にして欲しいんです～」

のんびりとジュリエットさんが示した形は三日月、というよりも爪のような形だった。これはもしかして……。

「こういうのをご所望ですかね」

俺はメモを取っていた筆記具で簡単にイラストを描いた。グリップから爪のように刃が伸びていて、グリップの末端は輪っかにしてある。

イラストを見たジュリエットさんは、ぱぁっと顔を輝かせた。

「そうそう！　こういうのです‼」

「なるほど……」

俺は内心頭を抱える。〝インストール〟の知識ではなく、前の世界での知識で俺はこれを知っていた。知識だけで実際に所持してはいなかったのだが、これは紛れもなく「カランビット」と呼ばれる刃物だ。

実際にはそんなことはまったくないのだが、そのコンパクトさや逆手持ちのスタイル、傷跡が獣の爪でつけられたかのように見えることから、暗殺用と見る向きもあるだろう。

一回受けた仕事であるが、ここは確かめてみて考えるべきか。

いざというときにはすぐさま俺を後ろに引き倒せるようにだろう、俺の左後ろに控えていたヘレンを振り返る。

「製作の参考に、どのように身体《からだ》を動かすのか見てみたいので、木剣でちょっとやってもらえますか？　うちからはそうだな……ヘレン、頼めるか？」

「任せろ」

ニヤッと笑ってヘレンが頷《うなず》いた。手合わせを外から見るか、自分が直接手合わせするかで見えるものが変わってくるだろうから悩んだのだが、ここはうちで一番戦闘能力が高い彼女に頼むべきだと判断する。

「それではこれを」

「ありがとうございますぅ」

どこかほにゃほにゃした様子で、ジュリエットさんは短い木剣（本来はヘレンの稽古《けいこ》用のもの）を受け取る。

俺が促すと、身体を動かせるのが嬉《うれ》しいのだろうか、ジュリエットさんは少しスキップ気味に鍛冶《かじ》場を出て行く。

その後を、ヘレンが派手にため息をつきつつ、肩をグルグル回しながらついていった。


「いきますよぉ～」

「おう」

ブンブンと大きく手を振るジュリエットさん。対するヘレンは片手で剣をクルクルと回し、

「いつでもいいぞ」

と剣を持っていない方の手で手招きをするような動きをした。

「それでは～」

のんびりと言葉を返したジュリエットさんの身体が前傾し、グッと沈み込む。頭はもうほとんど地面に着いているんじゃないだろうか。ちょっと変わったクラウチングスタートの格好というか。

次の瞬間、ドカン、と爆発音が聞こえたような気がした。

もちろん、実際には爆発音はせず、むしろ、全くの無音と言っていいくらい静かで、そのチグハグさがその速さを認識させまいとするかのようだ。

ジュリエットさんは一瞬にしてヘレンとの間合いを詰める。あの速さで近寄られたら対応は不可能だろう。

相手が普通の人間であれば、だが。ジュリエットさんが相対しているのは〝迅雷〟である。

ガツン！　と大きな音が響き、ジュリエットさんは止まった。手にした木剣は逆手持ちになっており、そのままいけばヘレンの脇腹を的確に突いたであろう。

あの様子だと、当たれば肋骨《ろっこつ》をやられていても不思議はない。

だが、それはヘレンが手にした木剣で止められている。

「やるじゃねえか」

「それほどでも～」

呵々大笑《かかたいしょう》するヘレンに、のんびりと受け答えをするジュリエットさん。

そこだけを見れば、ほのぼのとした光景に見えなくもないが、そんな牧歌的な状況でないことは、ビリビリとした空気からも明らかだ。

「なんだかこっちまで緊張しちゃうわね」

小声でそう言うディアナに俺たち全員で頷く。今の一撃だけで、身体のあちこちに力が入ってしまっている。

次の一撃はヘレンからだった。腕が見えなくなるほどの速さで振るわれた一撃。並の兵士であれば何が起きたか分からないうちに終わっていたはずだ。

しかし、ジュリエットさんは少ない動きでその場から飛《と》び退《しさ》った。空中をスッと浮いて移動したようにも見える。

ヘレンの一撃は空を切った。あれも当たっていれば無事では済まなかっただろうな。

それだけの一撃であっても、ジュリエットさんは意に介したふうはない。

二人の時間が俺たちも巻き込んで止まる。

ヘレンがスッと、一撃を放ったまま止まっていた腕を下ろし、ジュリエットさんを見据える。

「お前……」

「はい～」

やや怒気混じりの声のヘレンに対し、ジュリエットさんはニコニコと笑っている。

「暗殺者だな？」

ヘレンとジュリエットさんの間ではなく、俺たちの側で空気がざわめく。二人の間にあるのは緊張感だけだ。

希望する武器から言って、その可能性は結構あるな、とは思っていたが、一撃ずつとは言え、手合わせしたヘレンがそう判断するということは、ほぼ確定で〝そう〟なのだ。

とりあえず皆の安全を確保する必要がありそうだなと考えていると、

「ええ、そうです」

ジュリエットさんはあっさりと答えた。

そこにバレたことに対する焦りや、見下している感じは全くない。聞かれなかったから答えていなかった。そして今、聞かれたから答えただけだ、ということか。

ヘレンに青筋が浮かぶのがわかる。今にも木剣で始末してしまいそうだ。

俺は慌ててジュリエットさんに尋ねた。

「本当に、俺たちに何かしようとしてやってきたわけじゃないんですね？」

「ええ、貴方《あなた》がたに対して〝仕事〟を請け負ったわけではありませんので。構わず仕留めていたら、それはただの殺人鬼ですう。うちは悪い人相手の〝仕事〟しか請けないのがポリシーですし～」

ふわふわと、にこやかにそう答えた。どうやら仕事人としての矜持《きょうじ》はあるらしい。

念のため、サーミャの方を見ると彼女は頷いた。暗殺者なので、嘘を隠し通す訓練をしている可能性が高そうではあるが、一旦《いったん》は信用することにしよう。

「とりあえず、どういうものにすればいいかはわかりました」

「ありがとうございます～」

にこやかな表情を変えないジュリエットさん。警戒を隠しもしない迫力でヘレンが言った。

「怪しい動きを見せたら……」

「わかってます、わかってます。貴方に勝てる気は全くしないので」

ジュリエットさんは、ほんのわずか顔をひきつらせる。ヘレンの強さと彼女が怒ったらどうなるかは察しているらしい。

俺は手振りを交えてジュリエットさんに促した。

「では、先に鍛冶場へ」

「はぁい」

飄々《ひょうひょう》とした足取りで鍛冶場へ向かうジュリエットさん。彼女と家族の間には俺とヘレンが入り、先にジュリエットさん一人が鍛冶場に入った。

同時に一同から漏れるため息。しかし、まだまだ気の抜けない時間は続きそうだ。


「では、こういう形のものを製作します。まぁ、明日中にはできると思いますよ。長くても二日かからないくらいじゃないですかね」

俺は最終案のイラストをジュリエットさんに見せて言った。特注品だが、希少鉱物ではなく普通に鋼で作るので、加工難度としては最も簡単だ。

やることも普段とそう変わりはない。形状の違いがあるにせよ、そこはチートにも頑張ってもらえば、特に製作の速度が落ちるということもないはずである。

であれば俺なら一日もあれば十分完成まで持っていける。ハプニングがあってもせいぜいその翌日にはなんとか出来ると思うし。

「それだけで良いんですか？」

「ええ」

俺は力強く頷く。ジュリエットさんの顔に一瞬の逡巡《しゅんじゅん》が浮かぶ。真実かどうか、真実だったとして品質に問題がないのかが気になるのだろう。

やがて、ジュリエットさんは俺の目を見据えて言った。

「お願いします」

「承りました」

いつもよりはわずかばかり控えめな拍手が、商談成立をお祝いする。

「さて、それじゃあ仕事は明日にして、まずは風呂《ふろ》と飯ですかね。あ、別に一旦帰る、でも良いですが。三日後までには確実に仕上げておきますので」

「え、あ、そう、ですねぇ……」

「冗談です。二日くらいなら全然平気ですし、どうぞゆっくりなさってください」

ベストは一旦帰ってもらうことだ。ここまで一人で来られたのなら、行き来はそう難しい話ではないだろう。

ただ、危険ではある。日が落ちればこの森もまた別の顔を見せるだろうし、その時に保障できることはなにもないからな。

今のところ、俺たちに何をしたわけでもないし、ここで無下に扱うこともあるまい。

「え、えと、それじゃお言葉に甘えて……」

言われて、ジュリエットさんはパッと朗らかな笑顔になる。

「あ、暗器の類は持ってないですよね？」

「ええ。お仕事じゃないので、そういうのは置いてきました〜」

「ここへ来るまでに使った武器や旅道具は……？」

ジュリエットさんは背嚢《はいのう》などの運搬用のものを持っていなかった。よそから街まで向かうだけでもそれなりの荷物が必要なはずなのだが。

「服のあちこちにしまってありますぅ」

それは暗器があってもおかしくないのでは？　と思ったのだが、ここはうちで強いのに任せて、ツッコミはさておくことにした。

「……なるほど。とりあえず一通り客間に置いてきてください。ヘレン、サーミャ、頼んだ」

「おう」

「分かった」

我が家の身体能力上位トップ2による案内というよりは監視に連れられて、ジュリエットさんは客間のほうへ向かった。

家族の皆も温泉へ向かうため、それぞれ鍛冶場を出て行く。一人を除いて。

その一人、ディアナがまだ鍛冶場に残っている俺に振り返って言った。

「暗殺者だってわかって、どうしてそれでも打つことにしたの？」

「国王だろうと皇帝だろうと、勇者だろうと魔王だろうと条件を満たせば打つ、と決めてるからな」

「今回は確実に誰かの命を奪うためのものになっちゃうけど」

「それはもう悩む必要はない、ってお前たちが教えてくれたんじゃないか」

「そうだったかしら」

「そうだったとも。忘れたのか？」

「ウソウソ、覚えてるわよ」

そう言ってクスリと笑うディアナ。

「まぁ、全く悩まなかったと言えば嘘になるけどな」

暗殺は相手が悪人であっても、害意がかなり直接的だなと思う。その面では少し悩んだ。

だが、結局のところ、作っているものは同じく武器であり、いずれ誰かの命を奪うことになる可能性が高いものであることには変わりない。

開き直るわけではないが、そこに差異がないのであれば、今まで通りに作れば良い、そう思うことにしたのだ。

「平気だよ。もう迷わないって決めたからな」

「それでも」

ディアナが真剣な顔で俺を見つめる。

「それでも無理かもって思ったら、また言ってね」

「ああ、その時はちゃんと頼るよ」

俺は、今回は涙を流さなかった。

ジュリエットさんが温泉でどうだったかは俺が語れることは何もない。むしろあったら困る。

後で聞いた話では暴れるようなことはないが、こういうものは初めてだと、はしゃいでいる様子ではあったらしい。楽しんでいただけたなら幸いだ。

夕食はあまり凝ったものにはしなかった。歓迎していないわけではなく、ここで気合いを入れすぎると完成時にお祝いするときのメニューに困る、というだけである。

ではあっても、いつもの肉に使っているソースを醤油《しょうゆ》とニンニクっぽい野菜（リディが畑で丹精込めた力作である）で焼き肉風にはしたが。

「ちょっと変わってますけど、美味《おい》しいです～！」

と、ジュリエットさんはよく食べるうちの家族に決してひけをとらない食べっぷりを見せている。

「まだありますから、どうぞ遠慮なく」

俺がそう言うと、ジュリエットさんはこれまでに見たことがないほど目をキラキラと輝かせ、食べる速度を更に上げ、我が家に笑い声が響くのだった。


「どうだった？」

「特に怪しいところはないなぁ」

その日の夜、そっと家を抜け出し、家に近い森の中でヘレンと合流する。以前にアンネとやったのと同じ方法だ。当然ながら鳴子にかかるようなことがないように注意を払っている。

彼女には温泉から食事、そして寝るところまで警戒してもらっていた。

ひとくちに暗殺と言っても、主に短い刃物を使った半ば実力行使以外にも、毒殺なども考えられた。一応の用心としての確認である。

だが、ジュリエットさんは何もしなかったらしい。

「となると、本当に武器が欲しくて来ただけか」

「アタイはそう思う。もし何かするつもりなら、隙がありすぎる。荷物をあっさり手放すし、温泉なんて素っ裸になるようなところにもホイホイついてくる」

「ヘレンがすぐ側《そば》にいて、それか……」

こちらの実力を下に見積もっているなら、こちらに害意を持っていてもそういう行動に出られるだろう。

だが、ヘレンの実力を知った今はそうではない。諦《あきら》めたにせよ、元々そうでないにせよ、もう害意がないであろう、とヘレンは言っているのだ。

「で、どうする？」

「なにがだ？」

「何も聞かずに大人しく帰すのか？」

「うーん」

俺は腕を組む。素性をしっかり聞いておいて、カミロやマリウスに警告を発したり、色々探って貰《もら》うこともできなくはないのだが……。

「暗殺者に対して深く踏み込んで、何かあったときに巻き込まれたらたまらん。今回は粛々と作るものを作って、サッサとサヨナラすることにしよう」

「わかった」

ヘレンは頷《うなず》いた。

「彼女が近くにいるときは俺もなるべく注意を払うようにする」

「いや、アタイが外に連れ出して気をつけておくから、エイゾウは仕事に集中しろ」

「ん。わかった。そうするよ、ありがとう」

俺が素直にそう頷くと、ヘレンは俺の肩をポンポンと叩《たた》き、家の中へと二つの影は消えた。

◇　◇　◇

「よし、やるか」

「はい、親方！」

いつもの朝を終え、俺とリケは準備を始める。昨晩の言葉どおり、ジュリエットさんはヘレンたちが連れ出してくれた。狩りだと言っていたが、そう遠くへは行くまい。

家族になる前のアンネにしたのと同じように、この〝黒の森〟の詳細を教えることをなるべく防ぐためだ。

面倒なところを押しつけてしまっているようで、少し申し訳ないが、昨夜《ゆうべ》ヘレンが言ってくれたように、俺は自分の仕事に集中すべきだろう。それが、他の家族へのせめてもの詫《わ》びになる。

温度が上がってきた火床《ほど》に板金を入れ、板金が十分に熱されると、ヤットコで取り出す。

金床に置いたそれを、チートをフル活用して鎚《つち》で叩いていくと、板金は徐々に姿を変えていく。

もちろん、籠《こ》める魔力は最大限だ。これにより、刃物になった鋼の切れ味と耐久力が増す。

やがて温度が下がり、叩いても形を変えられなくなってきたら、再び火床に突っ込み、覆うように炭を入れて熱する。

炭が燃えて崩れ、赤くなった姿を現したところを確認すると、三日月を横半分に切ったような形状にはかなり近づいていた。

「すごい精度ですね……」

これも勉強になるので、と鍛冶場《かじば》で俺の様子を食い入るように見ていたリケが、火床の中の鋼を見て言った。

「一回でここまで形を出せたら、相当綺麗《きれい》なものが仕上がりそうですね」

「それもあるし、なるべく早く仕上げてやりたいしなぁ」

リスクを考えれば、一日も早く去って貰ったほうが良いのは確かだ。

しかし、「今の俺が全力でやったら、特注品でどれくらいの速さでできるのか?」について試す絶好の機会であることもまた然《しか》りで、利用していることに僅《わず》かばかりの罪悪感がなくもない。

まあ、今日作るものも製品としては十分以上なので、ジュリエットさんには許してほしいところである。

「よし、それじゃあちょっと手伝って貰うか」

「え、私がですか⁉」

リケは目を丸くした。

「うん。今、リケがどれくらい魔力を籠められるかだ。お客さんの製品でやるのもなんだけど、うっかり性能が良すぎるものを作ってもな」

「なるほど……それでは、お言葉に甘えまして」

俺は赤くなった鋼をヤットコで金床まで運ぶ。そして、鎚でどこを叩いて貰うかの指示を出していく。

リズムを取る俺の鎚の音と、勢いよく振り下ろされるリケの鎚の音が、火床の巻き上げる炎の音をかき消すように鍛冶場に響く。

リケの作業は、さすがにチートの手助けを借りられる俺が作るものには及ばないが、今、街から都までを当たったら、リケより良い性能のものが作れる鍛冶屋はいないいんじゃないだろうか。

魔力の扱いも以前と比べると随分と進歩していて、無理なく籠められるようになっていた。これなら俺が追加で籠めるのもそこまで苦労しなくて済みそうだ。

「いいぞ、その調子」

「はい！」

こうして、師匠と弟子の作業は続いていき、鋼は刃を備え、そのままハンドルも形作られていく。

合間合間には俺が魔力を追加で籠める作業も行っているので、魔力がかなり籠もった状態を維持出来ていた。

最後の金床では全体の形を整える。この作業でミスがあると、なんというか歪《ゆが》みのようなものが発生してしまい、台無しになることもあるので、慎重に行った。

形が出来上がれば、最後の加熱だ。加工するときよりも幾分低い温度まで熱し、やはり赤くなったそれを今度は水に浸《つ》ける。

ジュウと音がして、もうもうと湯気が立ち上り、熱せられた水がゴボゴボと泡を出して、水面が暴れる。

十分に温度が下がったそれを水から取り出し、火床の火で炙《あぶ》るように熱し、今度はそのまま冷めるまで放置した。

触れるほどに冷えたカランビットを爪で軽く弾《はじ》くと、キンキンと澄んだ綺麗な音がする。焼き入れはどうやら上手《うま》くいったらしい。

俺とリケは顔を見合わせてからハイタッチをした。

ここまで来たら後は仕上げだ。刃を研ぎ、全体のバランスをみて少しズレているところを、改めて鎚で叩いて調整していく。

最後に全体を軽く磨けば……。

「よし、これで刃体は完成だな」

ここから握りやすいようにする作業が必要だ。ナイフと同じように、細く切った革を巻いて持ちやすいようにするか。

ナイフ用に用意してある革を巻き付ける。順手持ちと逆手持ちの両方を考えて指をかけやすいようにはしない。

グルグルと巻き付けて留める。自分で握ってみたが、特に違和感はない。

「よし、これでいいな」

「これが……」

俺が掲げたのは湾曲した刃とハンドルを持ち、指をかける輪のついた刃物。つまり、カランビットだ。

リケがどことなく、うっとりした表情でカランビットを見ている。

「凄《すご》いですね。人が鎚で打ったとは思えないほどの表面になっていますし、この刃と持ち手のラインが綺麗に収まってますね」

今度は興奮した様子で俺にまくしたてる。どうやらリケのスイッチがちょっと入ってしまったようだ。

そこへ、鍛冶場と家を繋《つな》ぐ扉が開く音が鍛冶場に加わった。

先陣を切って入ってきたのはサーミャで、

「ただいま！　あれ、もうできてんの？」

すぐ俺が手にしているものに気がついた。

「ああ、できてるよ。あ、ちょうど良かった、ジュリエットさん」

「え？　あ、う、うちですか？」

「ええ」

ジュリエットさんは恐る恐るといった感じで、俺の前にやってきた。

俺は手にしたものをジュリエットさんに差し出す。

「ご依頼の品です。どうぞご確認を」

「は、はい～」

ジュリエットさんは恐る恐る受け取ると、すぐにそれをグルグルと回すようにしながら見ている。

「あ、試される際は庭でどうぞ。ちょっと朽ちかけている丸太が立ってるので、それであればどう使っていただいても良いですよ。革の色は気に入らなければ、申し訳ないですがご自身で染めていただいた方がよろしいかと」

丸太は稽古《けいこ》に使われていたものだ。散々殴られてしまったので、すっかり元の姿を失いつつある。早晩お役御免になるだろうが、ここらでちょっと華のあることをやらせても良いだろう。

「いえ、これほどのものは見たことがありません。品質は大丈夫です～。それに……」

「それに？」

「試すのが木では具合が良くないので」

「なるほど……？」

どうもジュリエットさんが試し切りをするには木製のものではダメらしい。それ以上は怖くて聞けそうにもない。

「それでは、これで納品ということでよろしいですか？」

「ええ、もちろんです～」

にこやかなジュリエットさんがそう言うと、鍛冶場の中にわあっと拍手と喜びの声が広がった。

◇　◇　◇

翌朝、ジュリエットさんは早々に出立の用意を済ませて、うちの家の庭にいた。我らがエイゾウ工房の家族も全員揃《そろ》っている。皆ナイフを携えてはいるが、誰も武器は持っていなかった。

「それではお気をつけて」

「はい。それでは、お仕事でまみえることがないことを祈っておりますわ～」

別れの挨拶《あいさつ》もそこそこに、ジュリエットさんは大きく手を振り去って行く。

俺たちは〝黒の森〟を去っていく朗らかな暗殺者を、その姿が見えなくなるまで見送った。

6章　炎の子

ジュリエットさんを見送って翌日、特注品が完成したこともあり、休日にしておいた。

サーミャとディアナ、アンネはクルルたちと庭で遊ぶことにしたらしい。いそいそとオモチャなんかの準備をしていた。

リケとリディは二人で畑仕事だそうだ。ドワーフとエルフというと、どうにも仲が悪いような印象を受けるが、うちの二人に限ってはそんなことは一切ない。

「個人的な好き嫌いはあるでしょうけど、エルフとしてドワーフが嫌いということはないですね」

「実家の皆からも、特に嫌いだと聞いたことはないです」

二人から、そんな答えが返ってきたことがある。仲が良いのは良いことだ。

そして、俺とヘレンは彼女のショートソードの整備の仕上げだ。ヘレンにして貰《もら》うことはないのだが、できたものを確認して貰わないといけないからな。

もうほとんど終わりに近かったこともあって、火は一切使わずに作業をする。

さて、鎚を持ってこなきゃなと、いつも置いてある場所へ向かったときだ。

「え？」

俺はわずかに熱を感じた。普段から感じ慣れている熱。

しかし、今はそれを感じることはないはずだ。火床《ほど》にも炉にも火は入れていない。熱源になるようなものは、今この鍛冶場には無いはずなのだ。

「お、おい、エイゾウ……」

ヘレンから溢《あふ》れてきた言葉は驚愕《きょうがく》に染まっている。俺は熱を感じた火床の方に顔を向けた。

そして、俺は思わず目を見開いた。熱を感じた火床には、炎……いや、炎をまとった小さな人間のような姿があったからだ。姿は言った。

「こんにちは！」

「えっ、あっ、こんにちは」

「こんちは」

笑っているかのような声。そこに敵愾心《てきがいしん》は全くない。警戒すべき場面だろうが、俺もヘレンもすっかり仰天して、普通に挨拶を返してしまう。

その外見は、一言で言えば「燃えている妖精《ようせい》さん」である。妖精と言っても、ジゼルさんたちのような感じではない。

衣服もちゃんと纏《まと》っているが、ジゼルさんが比較的今風――この世界においての、ではあるが――で、前の世界で言えば西洋風なのに対し、中東あたりの精霊っぽいと言えばいいだろうか。全体的にゆったりとしているが、袖口《そでぐち》やパンツの裾《すそ》がキュッとすぼまっていて、動きやすそうだ。

動きやすそうではあるが、全体には燃えていて、溶けた鉄のようなかんじにも見える。

さっき彼女からは結構な熱を感じたと思ったが、火床に若干残っている炭に火が移っている様子はない。ただただ彼女が炎を纏っているだけで、さっき感じた熱さも今はない。

「色々伺いたいんですが、ちょっと待ってくださいね」

俺はその人……いや、明らかに人間ではないだろうが、とにかくそこでニコニコと燃えている人に断りを入れる。

彼女は勢いよく頷《うなず》いてくれたので、ヘレンに頼んで皆を呼んで貰ってくる。俺とヘレンの二人だけで話を聞くのもちょっと不安だし、聞く耳と頭は多いに越したことはない。

とりあえず飲むかどうかは分からないが、お湯の準備をしに俺も少しだけ席を外させて貰うことにした。

皆が居ないあいだに高温になられると困るが、今の様子を見て大丈夫だろうと判断したのだ。

そっと家への扉を閉めるとき、彼女が明るい色を発しながらパタパタと手を振っているのが見えて、俺はほんの僅《わず》かばかり安堵《あんど》のため息を漏らした。

エイゾウ工房の一同が鍛冶《かじ》場に集合した。居間に通して良いものか分からなかったので、ひとまずは火床の上にいて貰うことにしたのだ。

うちの皆はめいめい商談スペースから椅子というか、丸太を切った簡易椅子だが、それを持ってきて座っていた。火床がちょっとしたステージで俺たちはその観客のようでもある。

「こんにちは」

燃える彼女はペコリとお辞儀をした。ますますアイドルのコンサートのようである。

俺はともかく皆はそんな文化は知らないはずだが、

『こんにちは』

と声を合わせて挨拶をしている。もちろん、俺もなのだが。

「私の名前はマリベル。ええっと、皆さんが言うところの炎の精霊かな」

そこでフッとマリベルさんは笑った。纏っている炎がユラユラと揺らめく。熱さは感じない。

「精霊……ですか」

「ええ」

口に出したのはリディだった。マリベルさんは頷く。精霊と言えば、リュイサさんも精霊ではあったな。威厳はあるが気安い感じなので時々忘れそうになるが。

「精霊がこんなところに来ることってあるのか？」

俺は思わず本人を前にしてリディに聞いてしまった。

「そうですね……。魔物は澱《よど》んだ魔力から生まれるでしょう？」

「精霊は純粋な魔力から生まれる？」

「正解！」

マリベルさんはパチパチと手を叩《たた》いた。炎が揺れているので、薪《まき》が爆《は》ぜたように錯覚する。

「ここで色々してたでしょう？」

「ええ、鍛冶屋ですからね。鍛冶の作業を」

「魔力も使って？」

「そうですね」

俺は頷いた。精霊に隠し事をしても無意味だろう。ましてや「ここで生まれた」と言っているのだから。

「ここではよく炎を扱うし、皆さんほとんど毎朝、あの祭壇にお祈りをしてるでしょ？」

そう言ってマリベルさんが指を差す。その先にあるのは俺が作った簡易神棚だ。俺たち家族全員が頷いた。

「まぁ、そんなわけでここで生まれてしまったわけです。いわば皆さんの子供も同然というわけですね！　なので、皆さんも私には普通に話して貰っていいですよ！」

朗らかに宣言するその言葉に、俺たち全員は顔を見合わせた。

このエイゾウ工房のある場所は〝黒の森〟の中でも魔力が高い。木々があまり伸びないうえ、草花の種類も限定的なくらいに。

そんなところで表現として合っているかは分からないが、最近も高濃度の魔力を扱い、実際に神々がいる、と言われているところで信心深いように見える行動をしていたら、精霊の一人や二人生まれるのも無理はない。

いや、さすがにそんなことはないと思うのだが、今のところマリベルさんが自称していることを信じる以外に判断しようがない。

「にしても、生まれたてなのに、固有名も知能もあるんだな」

俺は疑問を口にした。いや、〝マリベル〟が固有名ではなく、火炎蜥蜴《サラマンダー》的な種族名で、それを名乗った可能性はあるのだけど。

「あー、そこはね」

マリベルさんはポリポリと頬を指で掻《か》く。そして、俺たちのやや猜疑心《さいぎしん》が含まれた視線に気がつくと、慌てて顔の前で手を振った。

「ここで生まれたってのは嘘《うそ》じゃないよ。ただまぁ、ちょっと語弊はあるかも」

「語弊?」

俺が言うと、マリベルさんは頷いた。

「うん。生まれたのはそうなんだけど、〝前のこと〟を覚えてるんだよね」

「死ぬ前……いや、生まれ変わる前の話か」

輪廻《りんね》転生の概念がある(実際にどうなのかは分からないが)世界から転生してきた俺にとってはすんなりと腑《ふ》に落ちる話だが、家族はどうだろう。

こっそり様子を窺《うかが》うと、皆一様に分かったような分からないような顔をしていた。なんとなし「生まれ変わり」の概念自体はわかるっぽい。

そういえば、いつぞやディアナとアンネが悲恋系の「生まれ変わっても一緒になる」みたいな話について語り合っていたような。

「そうそう。身体《からだ》を新しくして生まれてくるから、名前もあるし、ちゃんと話したりも出来るってわけさ」

「その身体ってのが……」

「魔力だよ。この森に樹木精霊《ドライアド》がいるでしょ? 彼女の場合は〝大地の竜〟の身体と魔力によって生まれたんだよ。でもその前があったはず」

「じゃ、〝大地の竜〟が彼女の名前をつけたわけじゃないのか」

「そうだと思うよ。まぁ何百年、何千年前の話だか分かったもんじゃない……おっとこれを言ったのは彼女には内緒だよ」

そう言ってパチリとウインクをするマリベルさん。しかし、彼女はすぐに居住まいを正すと、ピンと背筋を伸ばした。

「さてさて、それじゃあ後ろのエルフさんも気にしてるみたいだから、ボクの当面の目的を話しておこうかな」

言われたリディは身を縮こまらせた。家族の間に小さな笑い声が漏れる。

「とは言っても大したことじゃないよ。ボクをここにおいて、皆の仕事を見せて欲しいってだけなんだ」

「それだけ？」

「うん。それだけ」

ニッコリ笑うマリベルさん。何を言いだすかと少し身構えていたのだが、すっかり拍子抜けしてしまった。

「火をつけたりくらいのお手伝いは出来るけど、それ以上はちょっと厳しいんだ。なんせ〝生まれたて〟だからね」

「なるほど」

精神的に大人びている……いや、実際に精神年齢は相当なものなのだろうが、身体は赤ちゃんのようなものってことなのだろう。振るう力に制限があるようだ。

「あ、ボクはクルルちゃんやルーシーちゃん、ハヤテちゃんみたいにご飯はそんなにいらないからね」

「多少は食べられるんですね？」

「ここの魔力なら、まったく食べずにいることも出来るけど、ちょっと寂しいからね」

そう言ってマリベルさんはいたずらっぽく笑う。まぁ、一人に満たない食い扶持《ぶち》が増えるくらいなら備蓄は十分なはずだ。

「じゃ、とりあえずよろしく」

マリベルさんは手を差し出した。俺は指を差し出す。一瞬、焼けてしまいやしないかということが脳裏をよぎったが、そんなこともなくマリベルさんは俺の指を握った。

こうして、我が家にはもう一人の同居人が増えることになったのだ。

部屋はいらない、とマリベルさんは言った。普段はクルルやルーシー、ハヤテと一緒のところに居るつもりだそうだ。

「ボクは暖かくなれるしね」

最初は多少かしこまった話し方だったのに、どんどんくだけた話し方になってきている。慣れ方が急速だが困る話でもないな。

本格的に「寝る」ときはあのなんちゃって神棚に引っ込むこともできるらしい。いよいよ神様っぽい。

もしかすると、あの女神像も何か寄与してしまったのではなかろうか。いや、深く考えるのはよそう。

「じゃあ、寒くなったら頼もうかな」

「任せて！」

ぐっと力こぶを作るマリベルさん……いや、マリベル。あまり便利使いも心苦しいが、お姉ちゃんとして妹たちの面倒を少しばかり見てもらうことにしよう。

「おっと、こんな時間か」

ふと外を見ると日が傾きつつある。皆の手を止めてしまったし、少しでも戻って貰《もら》うか。俺はその間、晩飯の準備だ。

「おっ、じゃあボクもクルルちゃんとルーシーちゃん、ハヤテちゃんにも挨拶《あいさつ》してこようかな」

俺が準備でしばらく離れる旨を伝えると、マリベルはそう言った。サーミャのほうを見ると小さく頷いた。とりあえずは皆に任せれば大丈夫そうだ。

――もしもの場合はリディとヘレンに頼むことになるが、そっちの可能性はなるべく考えないでおきたい。

俺は嫌な考えを振り払おうと頭を振って、台所に向かう。

「あっ」

家への扉を開けたとき、俺ははたと気がついた。かまどに火を入れるのにマリベルの手を借りるのを忘れていた。

「まぁ、いいか」

俺が着火の魔法を使えなくなったわけでもないし、かまども魔法対応ですぐに火がつく優れものだ。

頭を掻き掻き、俺は扉を閉めた。

夕食はいつも通りの無発酵パンにスープ、塩漬け肉を焼いたものである。マリベルにはワンプレートっぽく、一枚の皿に小さく盛り付けたものを出した。

マリベルはむんずと焼いた肉を掴《つか》むと、口に運んだ。

「おいしい！」

「そうか。口に合ったんなら何よりだ」

精霊だから食料は実はいらないらしいのだが、食べ物を口にすることは出来るし味も分かるらしい。消化はしないで体内で燃焼しきるとかだろうか。女性の身体の話だし、詮索《せんさく》はよしておくか。

勢いよく食べる様を、家族のみんなが微笑《ほほえ》ましく見ている。精神年齢的には最年長だろうが、ここに来た順番で言えば末の娘だ。

唐突にできた家族ではあるが、お人形さんのような姿の（熱くない炎を身に纏《まと》っているが）少女がパクパクと食事を口に運んではニッコリと微笑む様は単純に愛らしい。

愛らしい……のだが……。

「うーん、やっぱり専用の食器を作るか」

今日のところは皿に盛り付け、手掴みでモリモリやってもらっているが、やはり行儀はよろしくない。ジゼルさん達妖精《ようせい》族のこともあるし、早めに小さな食器も作っていくことにしよう。

礼儀作法は幸いと言って良いのかは分からないが、伯爵家令嬢と皇女殿下がいるから、バッチリ教えられる。教えるのは俺じゃないけども。

公式の場に出ることはあまりないだろうが、これまでの間にそういうことを学ぶ機会がなかったのなら、「今回」の思い出になるように覚えて貰うのも悪い話ではないだろう。もちろん、マリベルに聞いた上でだが。

同じことを思っていたのか、ディアナと目が合って、お互いに頷《うなず》きあう。

娘三人に加えて、新しい「娘」にも何をしてやれるだろうか。そんなちょっとした幸せな考えを、スプーンにすくったスープと一緒に俺は呑《の》み込んだ。


夕食を終えると、マリベルの手はもちろんベタベタになってしまっていた。ディアナがちょっと嬉《うれ》しそうにそれを拭《ふ》いてやっている。

精霊であるマリベルの身体サイズは人間（や獣人やドワーフやエルフにもちろん巨人族も）の子供と比べても小さすぎるのでまるで親子のよう、とはいかないがそれに近しいものがある。

マリベルはそれなりに知能は高いっぽいのだが、外見が外見なこともあって子供扱いしてしまう。

生まれたてに違いはないし、本人も今口元を拭かれているが、嫌がる様子も無いので、「ちょっと賢いうちの娘」くらいのつもりで接するのが良いように思う。

うちの娘達は皆賢いからな……唯一普通に言葉が通じるのがマリベルだけ、というわけだ。

手やら口やらさっぱりしたマリベルは、他の娘達が眠るところへ行くべく、扉を開けた。付いていこうか、とサーミャが声をかけたが、マリベルは「大丈夫！」と宣言する。

まぁ、目と鼻の先であるから、滅多なことはあるまい。何かありそうなら、それこそクルルやルーシー、ハヤテも騒ぐだろう。

闇の中に少しだけ明るく光るマリベルは、そのままふよふよとクルル達の元へと飛び去っていった。

◇◇◇

翌朝。冬でも水汲《みずく》みは欠かさず続けている。一層冷え込みが厳しくなって来て、俺はいつもの服に毛皮を追加している。猟銃でも持てばマタギに見えるかもしれない。猟犬ならぬ猟狼《りょうおおかみ》のルーシーもいるし、鷹《たか》ならぬ竜のハヤテもいるわけだし。

そういえば、熊を倒したこともあったな。最初は〝こっち〟に来て間もない頃だったか。季節も変わらないときのことだ。もう随分と昔のことのように思える。

その次はルーシーを保護したとき。ルーシーの母親を害したらしき熊だった。最初と違ったのは、既にヘレンがうちにいたことで、俺が苦労をしたのはなんだったのかと思えるほど、あっさりと倒せてしまった。

良いことではなかったが、どちらも思い出深い出来事だ。

そんな出来事を思い返しながら、俺は水瓶《みずがめ》を担ぐと扉の外へ出た。

「おはよう！」

「クルルルル」

「ワンワン！」

「キューゥ」

「ああ、おはよう。皆元気だな」

扉の外ではうちの四姉妹が待っていて、マリベルが元気に挨拶をした。それに合わせて、おそらく同じことを言っているのだろう、クルルとルーシー、ハヤテが鳴き声を上げる。

俺はそれぞれの頭を撫《な》でてやって、クルルの首に水瓶を提げると、皆一緒に湖へと歩き出した。

「ははあ、それで朝から元気なのか」

「たぶん」

マリベルは火（炎）の精霊だ。今もその身体に煌々《こうこう》と炎を纏っている。しかし、昨晩に家を出たときもそうだったが、そこまで明るさも熱も感じない。

湖への途中でそれを聞いてみると、光も熱もどっちも調整できるらしい。それで娘達は温々《ぬくぬく》と過ごせたようである。

「調節できないと夜中眩《まぶ》しいし、あちこち火がついちゃうよ」

「それはそうだ」

精霊という存在がどれくらい人々と関わるのかは知らないが、生み出した神か何か、とにかくそういったものも、上手《うま》くやっていけないようにはしていないらしい。

その辺りの意思が介在しているとして、何を目的にマリベルをうちにやったのかはわからない。もしかしたら、俺たちにとってはよろしくない目的である可能性もある。つい最近、それであまり愉快とは言えない事態になってしまったところなので、ほんの僅《わず》かばかりの警戒心が心の隅で小さな信号を送っている。

しかし、湖へ向かいながら、他の娘達とキャッキャとはしゃいでいるマリベルの姿を見て、俺はさしあたり、その信号をそっと無視することに決めた。

水を汲むと、すぐに家に戻る。マリベルがいて、彼女に頼めば身体が乾くくらい暖かくしてくれるのだろうが、娘に負担をかけるのもな……。

ということで、今日も水浴びはなしである。また夕方にでもディアナ達が温泉で綺麗《きれい》にするはずだ。

「そういえば、マリベルは水に浸《つ》かっても平気なのか?」

水を満載した水瓶を担ぎながら、俺はマリベルに聞いた。

炎の精霊、と言うからには水に弱いみたいな話がありそうな気がする。RPGじゃないんだから、と言われればそれまでではあるが。

「平気だよ」

マリベルはあっさりとそう言った。

「何日もかぶってたら弱るけど」

「そりゃ俺たちでも一緒だ。というか、普通に死んじゃうよ」

諜報《ちょうほう》機関の拷問でもあるまいし。弱るだけで済むほうが驚異だ。そこは妖精より上位存在らしき精霊であるということか。

「じゃあ、風呂《ふろ》も入れるわけだな」

「風呂？」

「ああ。沢山のお湯だよ。うちは温泉っていう地面から湯が湧くところがすぐそこにあって、それを溜《た》めてるから、何人かで入れるぞ」

「へー、楽しそう」

「皆は気に入ってるみたいだ」

昨日はマリベルが来たこともあって、素早くお湯を運んで身体を拭くくらいだったが、ちょっと時間がとれるときは皆でワイワイと湯殿に向かう。

クルルとルーシー、ハヤテも一緒に行っているが、クルルは一度外で〝森のみんな〟と共に入り、その後綺麗にしてもらっているらしい。

俺はというと、少し時間をずらして向かっている。晩飯の準備を軽く済ませてからになるからなのだが、気恥ずかしさがないと言えば嘘になる。

それもあって少し時間が違うのだ。大体俺が入ってすぐくらいに女性陣は出て行っている。俺のほうは男の一人湯だから、身体を綺麗にして湯船で温まったらすぐに上がってしまう。

どっかで時間を取って昼にひとっ風呂もいいかもしれないなぁ。前の世界ではスーパー銭湯へ行って時折やっていたことだ。風呂上がりのフルーツ牛乳が楽しみだった。この世界ではかなり贅沢《ぜいたく》な話だろうと思うが。

「ボクも入って良いの？」

「もちろん。だから水が平気か聞いたんだ」

「やったー」

そう言って飛び回り、喜びを表すマリベル。ハヤテが一緒になって飛び回り、ルーシーも駆け回っている。

クルルはお姉ちゃんであるからなのか、水瓶を提げているからなのか、その様子を微笑ましそうに見守っている。

精神年齢的には既に成長しているらしいハヤテも、時々ああやって羽目を外すときがある。あれで街へ行く途中はもちろん、狩りのときもツンとすましているらしいのだから、そのギャップが可愛《かわい》らしい。やはり彼女もうちの娘なんだよな。

「あまり飛び回って木にぶつかったりするなよ」

「しないよー」

小さくむくれてみせるマリベル。しかし、そう言いながらも飛び回るスピードを落とし、それとなく周囲を気にしている。

〝黒の森〟の木々は当然ながら人の手が入っていない。狩りに出るときや、森を進むときに荷車が通れるくらいに間隔が広がっているところもあるが、それよりかなり狭くなっている箇所も多々あるのだ。

さすがに人一人分くらいは開いているとは言っても、飛び回ればすぐにぶつかってしまうだろう。精霊の頭にたんこぶが出来るかどうか、確認しないで済むならそれに越したことはない。

マリベルとハヤテは興が乗ったのか、二人して辺りを飛び回る。もちろん、木々に激突しないように気をつけてだ。その下ではルーシーが負けじと走り回っている。

そんな様子を〝父親〟たる俺は、

「気をつけろよー」

そう言って、微笑ましく見守るのだった。

朝食はやはり賑《にぎ》やかだった。まぁ、マリベルがいなくても大抵は賑やかなのだが。無発酵パンとスープの簡素だが十分な朝食。マリベルはパンのほうは問題なく食べられているが、スープのほうはやはり多少難儀するようだ。

「あまりちゃんとしたご飯って食べたことないし」

と、本人は言っていた。

モリモリ食べていたリュイサさんとは対照的だ。

俺は前の世界でサラリーマンのオッさんが一人で飯を食ったり、ＯＬが一人で酒を飲んだりするドラマを思い出した。リュイサさん、ああいうのが似合いそうだ。

朝食をそんな感じで終えた後は仕事の準備に取りかかる。火床と炉に火を入れた。マリベルがやろうかと聞いてくれたのだが、自分の仕事なのだしと自分の魔法を使ってやることにした。

彼女の力もどこかで借りることがあるとは思うので、その時は満を持して貸して欲しいところだ。

今日はナイフを作っていくことにした。が、今日のメインはカミロのところに卸すもののうち、一般モデルのほうである。

こっちはリケを中心に、サーミャも歩留まりは多少悪いものの、販売に回せるくらいのものが出来るようになってきていて、ディアナやヘレンのもなかなかのものだ。なので、生産量も以前と比べて格段に増えている。

リディは膂力《りょりょく》の問題で、アンネも不器用ではないのだが、いかんせん身体のパーツが大きい不利が多少ある。それでも、いずれそれぞれに合った何かが作れるようになってくれればと思っている。

つまり、俺も生産に加わるが、逆に言えば加わらなくても大きな問題はない、ということである。もちろん、何か問題がありそうならすぐに加わるが。

なので、今日は皆に断りおいて、俺は別のものを作ることにした。

最初に用意するのは小さな鉄片だ。板金を熱したら、タガネで小さく切り分けていく。かなり小さいので、油断して落としてしまうと見失いそうだ。

前の世界でプラモデルの小さなパーツを組み付けようとして「パチン」と飛ばし、小一時間探したことを思い出す。そんなパーツに限って「無くてもいいや」と思えるような箇所でなかったりするんだよな。ああいう経験をこっちの世界ではあまりしたくないところである。

切り分けた鉄片を熱して、小さな鎚《つち》（普段は彫刻するのに使っているもの）で叩《たた》く。チートの手助けを借りることも忘れない。普段なら結構派手な音がするのだが、今日はコチコチと控えめな音だ。

つくづく老眼が始まる年齢でこっちに来なくて良かったと思う。まず老眼鏡なり拡大鏡なりを作るところから始めなければいけないところだった。

とても小さい、というだけで、作るものの形状が変わるわけではない。ないのだが、小さいということはそれだけで難度が跳ね上がるものなのだな。

元々鍛冶屋《かじや》の経験なんかないことを差し引いても、チートがなければ手出し自体が難しかったのではなかろうかとさえ思えてくる。

しばらくして鉄片は形を変え、見慣れた姿になっていた。スプーンとフォークにナイフのセットである。それが数セット分ある。

もちろん、これらはマリベルと妖精《ようせい》族の人のものだ。

前の世界ではフォークが利用されはじめたのは思ったより時代が下ってからで、この世界と同じくらいであろう頃にはまだ使われていなかったが、いかなる要素によるものか、この世界ではもう使っているところも多く、庶民間でも普通に利用されているので合わせて作った。

ナイフは一本だけ余分に作っている。食事に使うものではない。俺たちが懐に忍ばせているものと同じものである。これを用意した意図は言うまでもないだろう。

「わあ！　なんだかすごいね！」

ひらりと宙を舞うように……いや、実際に宙を舞ってやってきたマリベルが言った。

「今日の夕飯からはお前もこれを使って食べるんだぞ。使い方はディアナやアンネに教わるといい」

「わかった！」

ニッコリ笑うマリベル。名前が出てきたからか、アンネが溶けた鉄を流し終わったあとの汗を一《ひと》拭《ふ》きして言った。

「エイゾウも少し覚える必要があるんじゃない？」

「ええ……」

困惑する俺をよそに、アンネの傍らでディアナがうんうんと頷《うなず》いている。

「エイゾウの付き合いを考えたら、〝そういう場所〟に出て行かなきゃいけないこともあるだろうから、覚えて損はないわね」

そう言ってニヤリと笑うディアナ。俺は肩を落とす。

「お手柔らかに頼むよ……」

そんな俺の言葉に、鍛冶場の中が笑い声で満たされた。

さて、カトラリーは作った。あとは器だな。

普段俺たちは木製の器を使っている。マグカップのようなものは金属でも良いのかもしれないが、この森の木は堅い割に加工性もよい。

俺が本気で魔力を籠めれば相当に頑丈な鉄製のマグカップが出来る——それこそちょっとしたハ

ンマーにできるくらいのものが――のだろうが、「森の中の家」ということもあるし、ここへ来たときに用意されていたのも木製だったので、追加を作るときも木で作っていたのだ。

となれば、マリベルのものだけ違う材質というわけにもいかないだろう。妖精族の人が来たとき用のものも用意しよう。

鍛冶ではないので、そちらのチートの手助けはない。その代わりに生産のほうのチートが手を貸してくれそうだ。

なるべく綺麗で乾いた木材を見つくろい、普段は鞘《さや》の加工に使っている工具と、自分のナイフを駆使して、皿と椀《わん》、カップの形を作っていく。カトラリーほど小さくなくていいのが助かる。

皆がカンカンと鉄を叩く音を響かせる中、俺は一人シャッシャッと異質な音を立てている。

その音をさせながら、小さな皿が出来上がった。子狼の頃のルーシーならさぞかし喜んだことだろうが、今の彼女にはやや小さい。

同じようにして椀とカップも木を削り出して作る。うちの強化されている工具と、質の良い〝黒の森〟の木材、それにチートの手助けが合わさってスイスイと加工できるが、普通ならこうはいくまい。カップ一つでもかなりの時間がかかってしまうはずだ。

日の暮れる頃、俺は小さな木製食器に植物油を塗り終えた。これらは乾くまで少々時間がかかる。晩飯には間に合うまい。

「ええ〜〜」

出来上がった器を喜んでいたマリベルだったが、今日の夕食では使えないと知ると、露骨にガッカリした。

「まぁ、明日の朝飯には間に合うだろ」

暑く乾燥している鍛冶場も、これから火を落とし、外の寒さもあってすぐに冷えていくとは言え、しばらくは暑さも残ったままである。冬場であっても乾燥時間は短くて済むはずだ。

俺がそう言うと、

「やったー!」

マリベルは鍛冶場の中を文字通り飛び回る。その様子に、家族から笑みがこぼれる。

うちの末の娘は、俺たちが鍛冶場の片付けをしている間、楽しそうに並んだ食器を眺めていた。

◇◇◇

翌朝、食卓にキラキラと目を輝かせたマリベルが座っていた。目の前には小さなカトラリー一式と木製の器と、そこに盛られた料理。

そんなマリベルの両隣にはディアナとアンネ。最初は厳しく教えるつもりはないらしい。

「はじめから剣を上手《うま》く振れる人はいない」

とはディアナの言葉だが、そこで剣を持ち出すのがディアナらしいというか何というか。

今朝のメニューは切って焼いた肉とスープに無発酵パンのスタンダードな我が家の食事だから、基本は肉をフォークで、スープはスプーン。無発酵パンは手で食べる。

なので行儀作法などはあまりない、と言っていい。そもそも持ち方も上手く出来てないのだ。ぐっと握るようにスプーンを持つ手を、ディアナが優しくなおし、どう運べば上手に口に入れられるかをアンネが教えている。

伯爵令嬢と皇女殿下揃《そろ》い踏みでのテーブルマナー初歩の初歩である。若干スプーンの持ち方が怪しかったサーミャも、二人の教える内容を聞きながらほほうと感心しているし、ヘレンも持ち方はともかく「今は出来なくてもいいから、こう食べましょうね」といった内容を横からではあるが真剣に聞いている。

俺はと言うと、そのうち待っているかもしれないスパルタ教育に備えて、予習のためにある意味サーミャやヘレン以上に、真剣に聞き入るのだった。

数日の間、俺も加わって納品するナイフやショートソード、そして槍《やり》なんかを作っていた。我が工房における生産速度はちょっとした工場並み、と言うと若干盛りすぎではあるのだが、まぁ普通の工房ではちょっと難しいかもしれないくらいの数を量産できている。

そんなわけで、長期の〝冬籠《ご》もり〟ともなればペース的に全く製作をしなくても良い日が出てくる。

冬になる前はそういった日を利用してあちらこちらに行っていた。街や都に行けなくとも、森の中を散策したり、釣りに出かけたりだ。

釣りも以前は夕食にと当てにしていた（俺の釣果はさておくとして）ものだが、それなりの大家族となった我が家では、それもそろそろ厳しかろうなぁ。

純粋にレジャーとして楽しむ釣りに出かけるのはありだろうけど。

そして、今日はそんな「休日」なので、クルルとルーシー、そしてハヤテの散歩、それにマリベルも周囲にどういうものがあるのかは知っておいたほうが良かろうと、付近の散策に出ようかと思っていたのだが、朝起きてすぐにそのプランは水泡に帰した。

水瓶を用意し、ドアを開ける。ため息をつかずとも、吐く息は白い。娘達四人も白い息を吐きながら、寄ってこようとする。

するのだが、わずかばかり足下が覚束《おぼつか》ないような感じで、いつものような素早さがない。

我が家の周囲が真っ白に染められているからだ。

そう、夜の間に雪が積もったのである。

我が家の周りには木が生えていない。普段はそれが日当たりの良さをもたらしてくれていたのだが、こういったときには完全に逆効果、と言っていいのだろうか。

とにかく、遮るものがないので遠慮無く積もってくれたようだった。木から雪が滑り落ちてくるのに気をつけながら過ごすのとどっちが良いかは迷うところだが。

ギュッギュと雪を踏みしめる音を立てて、娘達が寄ってきた。

マリベルは飛べる（あまり高度はとれないらしい）のだが、雪の感触が楽しいのか、彼女も歩いている。

「寒くても平気か？」

「うん、だいじょぶ」

「そうか。こう寒いとお前がうちに来てくれて本当に良かったよ」

「そう？　えへへ」

俺が言うと、マリベルは嬉《うれ》しそうにはにかんだ。今もほんのり暖かさを放っていて、彼女の周りだけ雪がかなり緩んでいる。

この寒さだし、昨晩はマリベルが暖かさを姉妹に分けてくれたに違いない。ガシガシと、俺は末の娘の頭を撫《な》でた。

クルルがそんな俺の顔に頭を擦《こす》り付ける。水瓶を寄越《よこ》せと催促しているのだ。

「冷たくないか？」

「クルルゥ？」

水瓶を首にかけてやったあとそう言うと、クルルは小首を傾《かし》げた。冷たくて厳しいということは無いらしい。見た目は爬虫類《はちゅうるい》に近いので、それこそ冬眠でもしそうだなぁとクルルには失礼なことを思ってしまうのだが、そこはやはり竜であるらしい。

「ワンワン！」

「ルーシーも大丈夫か？」

「ワン！」

ルーシーも「頭を撫でて！」と立ちあがる。俺は屈《かが》んで撫でてやった。ルーシーは見た目は普通の狼なので、足の裏が霜焼けになってしまいやしないかと心配になったが、前の世界のシンリンオオカミなどは雪の上で寝こけていたりすることもあるくらいだし、多分平気なのだろう。

このあたりもかなり寒くなることはあるとサーミャも言っていたし、生物としての備えが出来ているのだろう。魔物になっていることも一因かもしれないが。

そういえばどことなく毛足が夏場よりも長くなっていて、毛の密度も増している……有り体に言えばモフモフ度が増しているような気もするな。

ハヤテは娘達の中では唯一、雪の地面がお気に召さないようで、クルルの背中にいたあと、俺の肩へと移ってきた。

それでもはしゃいで走り回っているルーシーの姿を見て、パッと一瞬だけ地面に降り立ったが、

「ピャッ」

と短く鳴くと、再び俺の肩に戻ってくる。

「俺はどっちかと言えばお前と同じ気分だよ」

「キューーゥ」

足下に幾重にも布を巻いて対処はしているが、それでも当然吸湿発熱や防水ではないのでジワジワと冷たさが染みこんでくる。もしかしなくても一番霜焼けに近いのは、俺だろう。

「よーし、寒いし今日はサッサと済ませよう！　ただし、コケたりしないようにな」

俺は娘達にそう言って森を進み出す。歳《とし》がいくと雪なんて憂鬱《ゆううつ》なばかりだと思っていたが、娘達とこうして進む雪景色はなんだかんだテンションが上がるのだった。

「いやぁ、寒いな！」

いつもより少し時間をかけて水汲《みずく》みから戻ってきた俺は、足を包んでいた布ごと靴を脱いで、家族の誰かが火をつけてくれていたストーブに足をかざす。

じんわりとストーブの熱が俺の足の寒さを溶かしていく。温めるのもあるが、濡《ぬ》れてもいるし、キッチリ乾かしておかないとな。

季節的には多少平気だろうが、あまり白癬菌《はくせんきん》たちの繁殖を許したくはないものである。俺の足に諸君らの安住の地はないのだと知らしめる必要がありそうだ。

……リディに魔法か薬草か、効きそうなものを早いうちに聞いといたほうがいいかな。

ストーブの熱によって部屋の中は暖かさを保っている。頼めばマリベルも暖房として働いてくれるのだろうが、ここではそれは無しだ。

リケに髪を梳《と》かしてもらっているアンネがぽわぽわとしているが、あれは部屋の暖かさとは関係ない、いつも通りの光景だ。

リケも元々自分の妹たちのをやってあげていたこともあるが、毎朝のことなのですっかり手慣れて素早く髪を結っている。

その横では一通り用意を終えたヘレンがサーミャと一緒にストレッチをしていて、ディアナは自分の髪を梳かしながら、マリベルの足を拭《ふ》いてやっているリディとおしゃべりをしている。

絵に描いたような平和な朝のひとときが流れていた。いつもはすぐに台所へ行ってしまうので、俺があまり見ることのない光景だが、たまにはこうやって眺める日を作るのも良いかもなぁ。

ひとしきり温まり足も乾いたので、ストーブにかけてある加湿器代わりの鍋《なべ》に水を足して、俺は朝食の準備をしに、台所へと向かった。

「ああ、外に出たのか」

「おう」

朝食の時に、雪の話題になった。俺の言葉に返事をしたのはサーミャである。

外の様子がいつもと大きく違うことは、起きれば気がついただろう。雪が積もるとやたらに静かだし。たぶん雪が吸音材のような役目を果たすからだと思うが。

それで家の中から外を覗《のぞ》けば、風景が一変していることはまさに一目瞭然《いちもくりょうぜん》だ。

なので、あまり雪に慣れていないというみんなは外に出ずに家に籠もっていたのかと思ったが、サーミャとリケ、それにヘレンは少しだけ外に出たらしい。

ディアナとリディは寒いのがあまり得意でないから、アンネは単に朝が弱いから出なかったそうである。

「アタシははじめてじゃないけど、楽しいな」

「でも、寒いし朝の用意もあるからすぐ戻ったんだよね」

サーミャが言って、リケが補足する。女性陣の朝はあれこれやることがある。普段からして誰来ることもない〝黒の森〟、ましてや積雪を乗り越えてまでとなると皆無どころか絶無と言っていいだろう家で用意とは、と思う部分もオッさんなので正直なところあるが、どう考えても言わぬが花である。

「アタイはもうちょっといても良かった」

そう言って、なぜかふんぞり返るヘレン。ふむ。

「今日は休みにしようと思っていたんだが、この雪じゃあ遠くまで行くのも難しそうだな」

「ずっと家にいる？」

スープを一口飲んだディアナがそう聞いた。俺は少し考えてから、首を横に振る。

「いや、折角の機会だ。もう雪は降り止んでるから、このままだと今日にも溶けちゃうだろうし、娘たちと一緒に楽しもうじゃないか。寒いけどな」

俺が言うと、サーミャが勢い込んで聞いてきた。

「楽しむって何やるんだ？」

サーミャの目は期待に輝いている。これは期待に応えねばなるまい。彼女を含めて我が家は活発な子が多い。となれば……。

俺は皆を見回して言った。

「雪合戦をしよう」


「よーし、それじゃあ始めるか」

『おー』

「クルルル」「ワンワン！」「キューゥ」

俺の言葉に、皆が腕を上げ、出来ない娘達は声を上げた。今から我が家では雪合戦を開始する。

チーム分けは俺とサーミャ、リケ、ディアナ、そしてクルルとマリベルのクルルチーム。対するはリディ、ヘレン、アンネにルーシーとハヤテのルーシーチームである。

クルルチームの戦力が大きいような印象を受けるが、ヘレン一人でかなり強いからなぁ。

最初は「ヘレンが一人でも問題ないのでは」という意見も出ないではなかった。

しかし、さすがにそれはちょっと……となり、なんとなしでバランスを取ることになったのだ。

サーミャやヘレンは普段露出が多めの格好なのだが、今日ばかりはキッチリ着込んでいて、ややモコモコした状態になっている。

いや、モコモコしているのは皆似たり寄ったりだ。あまり寒さが得意と言えないディアナは服ではない布地も動員しているので、余計にモコモコしている。

少し前から冬毛っぽくなっているルーシーとどっこいどっこいだ。

リケやリディもいつもより着込んで、リディは普段被《かぶ》らない帽子も被っている。

比較的薄着なのはアンネだ。身体が大きいこともあるのだろうか。とは言っても、サーミャやヘレンよりも一枚ほど着込んでないくらいで、いつもよりモコモコなのは変わりない。

普段と変わらないのはマリベルだが、彼女は炎の精霊だからな。特に気温でどうこうなるということはないらしい。雪に触れると消えてしまったりもしない。

結構な広さを誇る我が家の庭。そこが今は雪で真っ白になっている。

ところどころ、クルルとルーシーの足跡があるが。あれは俺たちが朝飯を食べてる間に駆け回ったのだろう。

その白い庭にモコモコな皆が集まり、クルルチームとルーシーチームが対峙《たいじ》する。

対峙してはいるが、特に負かしてやろうとか、そんな雰囲気は無い。サーミャやディアナ、ヘレン、そして娘達四人がやる気に満ちた顔をしているが。

「じゃ、ルールを説明するぞ。といっても、雪玉を作って投げて、自分に当たったなと思ったら一旦《いったん》退場だ」

俺が言うと、皆静かに頷《うなず》いた。呼吸をしているだけでも、白い息が皆の鼻から出てきて、それが気合いを入れているようにも見える。

「はいはい！　クルルやルーシー、ハヤテは？」

マリベルが手を挙げて言った。三人はさすがに雪玉を作って投げるのは難しいだろう。俺に視線が集まった。

「皆が作って渡してやってくれ。三人とも投げる……くわえて放り投げるのは出来るはずだから」

クルル達がオモチャにしている木の球なんかを放り投げているところを、俺は何回か目撃していた。アレが出来るなら射程や正確さはさておき、参加は出来るはずだ。

最初は加減が掴《つか》めずに潰《つぶ》してしまったりもするだろうが、なに、そこは経験していけばすぐに慣れるだろう。

前の世界では雪合戦にもちゃんとしたルールがあって、障害物の大きさなんかも決まっているらしいのだが、うちでレクリエーションとしてやるだけなら、厳密なルールはいらない。そもそもキッチリ勝敗をつけてどうこうしようという話ではないのだし。

——ないはずだったのだが。

「なんでこう、うちの子たちは本気になっちゃうかね」

既に退場と相成った俺は、〝戦場〟から少し離れたところで、凄《すご》い速度で飛び交う雪玉と、やはり凄い速度で駆け回る家族のみんなを眺めていた。

「あんまり硬く握るなよ！」

手持《ても》ち無沙汰《ぶさた》に観戦していた俺は、自分も雪玉を作りながら言った。ギュッと硬く、氷の塊寸前にまで固められた雪玉は普通に凶器になり得るからな。特にうちの家族の場合は。

投石、と言うと少し危険な子供の遊びくらいのイメージを持ってしまいがちだが、反して普通に殺傷できるだけの威力がある。もちろん、石を投げる人間の能力にも左右される部分はある。

だが、能力の面において、石を殺傷能力のある武器に出来る人間がうちには多くいるからな……。

氷の塊をその力でぶん投げたらどれくらい危ないかは言うまでもないだろう。

俺はまちまちに返ってくる返事に苦笑しながら、作った雪玉をフィールドの端に置いた。

それは、雪合戦を開始してすぐのことだった。ビュンと風切り音がしたかと思うほどのスピードで雪玉が飛んできた。

「うぉっ」

俺は仰《の》け反《ぞ》り、それを辛うじて避《よ》けた。ある程度の戦闘能力を貰《もら》っていなかったら、この時点であっさり終了していただろう。

「クソッ、やっぱ無理だったか」

小さく舌打ちしてそう言っているのはヘレンだ。目がかなり本気である。投げ返そうと足下の雪をごそっと拾い、丸める。

ギュッと握ってしまうと崩れそうなので、俺はやや弱めに握り、野球のピッチャーの要領で、しかしあまり力を入れすぎずに投げる。

俺の放った白い球は、それなりの速度でヘレンに向かって飛んでいく。しかし、先ほど俺を襲ったものと比べるとかなり遅い。予想通り、ヘレンはすんなりと避けた。

「おりゃっ！」

だが、ヘレンが避けた先にもう一つの白い球が飛んでいった。俺の陰から次球を放ったサーミャのだ。かなりの速度でヘレンへ吸い込まれるように飛んでいく。

「おおっと」

ある程度の剣達者だとしても、この二段構えをそうそう打ち破れるはずはない。二発目に放たれたサーミャの球で仕留められるはずだ。

しかし、ヘレンはそんじょそこらの剣達者ではない。その二つ名が伊達《だて》でないところを見せた。気楽な様子の声に反して、姿がかき消えたかと思うほどの速さでヘレンは雪玉を避けた。積もった雪の上、決して全力は出せないだろうと思うのだが、それでも圧倒的である。

うーん、やはり戦力だけで言うならヘレンは一人でも良かったな。

そして、あまりヘレンにだけ注目しているわけにもいかない。身体が大きく、その面では不利だが手足の長さがあるアンネもなかなかの球を放ってくる。

今はリケとディアナがアンネに牽制《けんせい》を放っているので、あまり俺とサーミャのところには来ないが、ヘレンのを避けてホッとしたところに滑り込んでくるような雪玉が飛んできたりする。

娘達も負けじと雪玉を放っているが、飛距離も速度も言うまでもなく、だ。その代わりと言ってはなんだが、時々雪玉が飛んでいくものの、クルルとルーシーは地を駆ける速さ、ハヤテとマリベルは空飛ぶ速さでかなり余裕を持って躱《かわ》している。

四人とも楽しそうに走り回り、飛び回っている。これが見られただけでも提案した甲斐《かい》はあったな。

そうして、始まってから一〇分か、あるいは二〇分ほどだっただろうか、俺はヘレンの雪玉を避け、その先に来ていたアンネの雪玉も避けた。

しかし、俺が感じたのはドスとやや重めのものが背中に当たる衝撃。雪玉が命中したのだ。はて、俺はヘレンのもアンネのも躱したはずと思って振り返ると、そこにはニッコリと微笑むリディの姿。

そう、彼女はここまで気配を消して必殺の機会を窺《うかが》っていたのである。

俺は両手を挙げて場外へと出て行きながら、「一番怒らせてはいけない相手は誰か」を考えるのだった。

勝負はなかなかつかなかった。最後までサーミャとヘレンの二人が残っていたからだ。いや、厳密には娘四人が〝ノーカン〟（とっくに四人とも雪玉にぶつかっていた）なので、動いているのは六人だが。

二人は雪上にもかかわらずものすごい速度で動きながら、雪玉を投げあっている。その光景を見て、前の世界のゲームがとても上手な「ＴＡＳさん」という人（？）を俺は思い出していた。限界のその上ってあるんだな。

「行くよ！」

「クルルルル！」

クルルの背に乗ったマリベルが号令をかけると、クルルが走る。その背中の上からマリベルが雪玉を放る。

クルルのスピードと、マリベルの狙いによってフワッと浮いた雪玉は、サーミャの雪玉を避けたヘレンに吸い込まれるように向かっていった。

ヘレンの体勢は崩れている。俺なら確実に雪玉を食らっている……いや、それ以前に派手にすっ転んでいそうだ。

だが、ヘレンはそのどちらでもなかった。いかなる足の運びをしたのか、すんでのところで雪玉を避け、体勢を立て直した。

サーミャも負けじと、ヘレンの豪速球を躱し、ルーシーの放り投げる雪玉と、ハヤテが空中から投下する雪玉を器用に避けていた。

二人が避けるたびに家族からは拍手喝采《かっさい》が巻き起こる。試合として凄く見応えのある内容にはなっている。なっているのだが……。

あんまりにも勝負がつかないので、適当なところで仕切り直しにした。昼飯前にもう一戦くらいして、まだやりたければ昼飯を食べてから再開しよう、ということだ。

結局、昼飯の後も引き続き二戦ほど行った。二戦で済んだのはヘレンを除く皆が疲れたからだ。

「さすがのサーミャも厳しいか」

テラスの床でぐでっとなっているサーミャに声をかける。彼女はそのまま手を挙げてヒラヒラと振った。声を出すのも億劫《おっくう》らしい。

彼女の身体から湯気が立ち上っている。どれほど運動したかが窺い知れるというものだ。それは再び（というか、四戦全部）早々に退場してすっかり体温の下がった俺以外の皆も似たり寄ったりだ。

ディアナもモコモコに着込んでいたうちの何枚かを脱いで放熱を図っている。さすがに暑かったらしい。

「あんまり身体を冷やしすぎないようにな」

俺が言うと、バラバラと返事が返ってきた。

「そういえば、来ませんでしたね」

俺の次くらいに退場して、すっかり息が整っているリディがぽそりと言った。

「ん？　誰が？」

「リュイサさんです」

「ああ……」

昼を挟んで、それなりに長い時間レクリエーションをしていたのだ、いつもリュイサさんなら「わたしはどちらにつこうかな」と参加しに来るか、少なくとも「ここで見てていいかい？」と見学すると思うのだが。

「まぁ、あの人もこの森の主だから、忙しいんだろう」

「温泉には結構来てますけどね」

「そういえば言ってたな」

うちに温泉ができてから、リュイサさんは足繁く通っているらしい。一緒に入った日は家族の誰かが大概報告してくれていて、そこから頻度を察するとかなりの回数来てることになるな。

そんな彼女がこんな楽しそうなことを見逃すか？　と言われると、確かにちょっと考えにくいな。

〝黒の森の主〟相手に不遜《ふそん》な考えでもあるが。

「何もなけりゃ良いんだが……」

有り体に言えば、フラグというやつだろう。情緒のある言い方をすれば、虫が知らせたと言えるかもしれない。

ビュウ、と寒風が吹いたと思ったら、そこにはリュイサさんが現れていた。

寝転んでいた皆も思わず体を起こす。立ち上がるところまでは出来ていないが。

リュイサさんはいつもの柔らかな表情ではなかった。いつになく真剣な顔をしたリュイサさんの様子に、俺たちの表情も引き締まる。

「突然すまないね、エイゾウ」

「いえ……」

リュイサさんはそう切り出した。この様子だと、あまり気楽に聞いていて良い話じゃなさそうだな。

そう思い、俺は居住まいを正してリュイサさんの話を聞く体勢を整えるのだった。

「あまり、いい話ではなさそうですね」

俺のほうからそう切り出した。気がつけば、寝転んでいた皆も俺の周りに集まってきていた。

「そうだね……」

リュイサさんがおとがいに指を当てる。少しおどけた様子にも見えるので、少なくとも俺達の身に危険が迫っているとかではないようだが。

……そういえば、この雪では鳴子があまり役に立たなそうだな。音が響きにくいだろうし、雪が乗っかって鳴らないこともありそうだ。

ここまで積もることは滅多にないらしいが、何か考えるか。

と、リュイサさんが手招きをした。俺にではない。マリベルにだ。マリベルは小首を傾げたあと、俺のほうを見た。

俺は頷《うなず》く。リュイサさんは〝黒の森の主〟である。「この森の最強戦力」の機嫌を損ねるようなことはしないだろうし、もし何かあるなら〝黒の森〟の行く末に関するものだろうから、聞ける範囲のことは聞くつもりだ。

マリベルはおずおずといった感じで空中を浮遊し、リュイサさんに近づいた。一瞬、リュイサさんの顔が緩む。

もしかして、単に新たに生まれた炎の精霊を見たかっただけなのでは。

そう思ったが、すぐにその緩んだ顔がほんの僅《わず》かに引き締まった。

「君だね。最近ここで生まれたのは」

リュイサさんの言葉に、マリベルは頷いた。その様子をリュイサさんは眺めている。

おそらくだが、マリベルが生まれたのはイレギュラーな事態のはずで、その確認をしにきたのはあるはずだ。〝黒の森〟の生態系に影響が出そうな魔物の発生も把握していたし。

どうやら危ないものではないと分かっていても、実物の確認をしにくるのはおかしい話ではない、のだが。

それなら、わざわざ雪のこんな日の日中に来ずとも良さそうなものだ。日を改めるなり、うちの家族が温泉に行くときに合流するなりで済ませれば良いはずだ。

つまり、それなりに急ぎでもある、ということらしい。

「良いところで生まれたね」

少し怯《おび》えた様子だったマリベルは、リュイサさんにそう言われて破顔した。リュイサさんも小さく笑ってマリベルの頭を撫《な》でた。

「さて、それじゃエイゾウ」

「はい」

リュイサさんは真《ま》っ直《す》ぐに俺の目を見た。俺もリュイサさんの目を見返す。沈黙が流れた。いつにも増してシンとした空気になる。積雪のせいもあるだろう。それそのものが吸音することに加え、空気が冷たくてより静謐《せいひつ》に感じる。

しばらく逡巡《しゅんじゅん》していたリュイサさんが、口を開いた。

「この子をしばらく私に預けて欲しい」

俺は思わず目を見開いた。他の家族も似たり寄ったりの表情をしていたと思う。マリベルがうちに来てまだ数日でしかないが、すっかりうちの娘として俺達も接していたところだ。

「期間はどれくらいになります？」

「それはちょっと明言できないな。季節が一巡りすることはないと思うが」

「理由も言えないやつですかね」

「色々と複雑な部分はあるが、単純に言えば、このままでは彼女の行く末が危なくなるかもしれない。なにせ生まれたてだからな。ここで生活していく上で必要なことを教える必要がある。なに、私から危害を加えるような真似《まね》をしないと誓うよ」

今度は俺がおとがいに手を当てて考える番だった。〝黒の森の主〟が預かって何事かをうちの娘にすると言う。

教育か何か、そういったものを施すのだろうか。リュイサさんもマリベルも精霊である。人間には及びもつかない種々のことがあるのかもしれない。それなら言ってくれても良さそうなものだが。

俺はチラッと家族のほうを見る。ディアナが一番心配そうにしているが、まぁ皆似たり寄ったりと言っていいだろう。

可愛い末の子をしばらく手もとから離す、という話をさらっと流せるわけもない。ましてや詳しい理由も分からないのだ。

「マリベルはどうだ？　行っても平気そうか？」

俺はマリベルに聞いてみた。あまり良い手段ではない。この辺の判断がちゃんとつくかも分からないのに、判断を任せるのは無責任だとの誹《そし》りを受けてもおかしくないだろう。

それでも、マリベルに聞いてみないといけないと、そう思ったのだ。

マリベルは困った顔をした。そして、リュイサさんのほうを見る。

「行かなきゃダメ？」

「そうだな……。来なかったらお仕置きなんてことはしないが、来てくれたほうが君のためになることは保証しよう。エイゾウ達のためにも。そこは私が〝黒の森の主〟として約束する」

真剣な目をするリュイサさん。マリベルは俯《うつむ》く。俺は思わず唇を噛《か》んでいた。それが自分の不甲斐《ふがい》なさを誤魔化すためか、それとも他の何かなのかは分からずじまいだったが。

やがて、マリベルは顔を上げた。

「ボク、行ってくるよ」

マリベルは言った。小さいがその顔にはちゃんとした決意が漲《みなぎ》っている。ただの子供のように扱っていたのが少し恥ずかしくなるくらいにしっかりした決意。

ある程度は〝前世〟のことが継承されるということもあるだろうが、それだけではないように思える。

「それでみんなの役に立てるなら、ボクはその方がいい」

「わかった。ありがとう」

すまない、とは言わなかった。それを言ってしまうと彼女が大事にしたものをないがしろにすることになると思ったからだ。

「それじゃ、このあとすぐ行こうか」

「え？　そうなんですか？」

リュイサさんの言葉に応えつつ、俺は僅かばかり息を呑《の》んだ。辺りがしんと静まりかえる。

「何事も覚えるには早いほうが良い」

「そうですか……」

随分と急な話だ。送別会のようなものをしてやろうかと考えていたのだが。

いや、ものは考えようか。ほんのしばらく、例えば修学旅行か何かに出かけるたびに送別会をするなんて話は聞いたことがない。いずれ帰ってくることはリュイサさんも保証してくれたのだし、それを信じて今は行ってらっしゃいだけを言うことにしよう。

そう思い、俺は少し乱暴にマリベルの頭を撫でる。すると、横から手が伸びてきて、マリベルを抱きしめた。ディアナだ。

多分、ディアナは「行かなくてもいい」と言いたいだろうな。少なくとも「今じゃなくてもいい」とは。

一緒に過ごした時間はいくらにもならないし、マリベルに決断をぶん投げてしまったのは俺だが、ディアナがどれくらいの思いを持っているかはそれとは関係ない。

ディアナ以外の皆も同じだ。手を握ったり、俺よりも乱暴に頭を撫でたり。涙こそ浮かべていないが、末っ子とのしばしの別れを惜しんでいる。

俺たちがそうしているので察したのか、クルルとルーシー、ハヤテも寄ってきた。ディアナが抱いていたマリベルをまだ雪の残る地面に下ろしてやると、三人ともペロペロやりだした。

「みんな、くすぐったいよ」

マリベルはそう言ってはしゃいでいる。それを聞いて、クルルが笑うように鳴き、それにつられて、皆から笑い声が起きた。雪の冷たさが足下を容赦なく冷やしているが、そんなものは気にならないくらい俺達は笑顔に包まれている。

俺達の誰かが、長く離れることがこの先もあるだろう。壮行会はその時にとっておこう。笑いながら俺はそう思った。

「なるべく早く帰ってこられるようにはするから」

リュイサさんはマリベルの肩に手を置いてそう言った。マリベルは胸を張っている。それが空元気なのかまでは俺には分からない。だが、今は空元気だったとしても、すぐに本当の元気になってくれるはずだ。

「ああ、そうそう。行く前に聞いとかなきゃな」

「？」

俺が言うと、マリベルは小首を傾げた。

「帰ってきたら、何が食べたい？　何でもいいぞ」

「え、何でもいいの⁉」

マリベルは目を輝かせる。こういうところは見た目そのものというかなんというか、だ。

マリベルは腕を組んでうーんうーんと唸《うな》り始めた。「好きなものをなんでもリクエストして良い」と言われて困るのは昼飯時のオッさんも、炎の精霊も変わらないらしい。

「あ、細かくした肉を焼いたってやつ食べたい！」

「ハンバーグか」

「そうそれ！」

俺がチラッとサーミャに視線を送ると、サーミャは頷いた。保存してある肉で事足りそうだ。

「わかった、任せとけ」

俺はドンと自分の胸を叩《たた》く。マリベルがやったー！　と両手を挙げて喜んだ。

「それじゃあ」

「行ってきます！」

マリベルは大きな声で出発を告げる。俺達はもちろん、雪よ溶けよと言わんばかりに大きな声で言った。

『行ってらっしゃい！』

7章　守るということ

俺達が挨拶《あいさつ》を済ませると、リュイサさんとマリベルの姿がかき消えた。チクリと胸が痛んだように感じるが、俺はすぐにそれを振り払った。

「行っちゃったわね」

ボソリと、ディアナがそう呟《つぶや》いた。

「そうだな」

俺が言うと、他の皆も頷く。キュウ、とハヤテが細く鳴いて、クルルとルーシーもいつもの元気な声よりはかなり小さな声で鳴いた。

その後、元々疲れていたこともあり、温泉に浸《つ》かって走り回った疲れと汚れを落とそうということになった。

「ああ〜」

熱めに感じる湯に浸かると、口から声が漏れる。オッさんくさいとは自分でも思うのだが、実際オッさんなので仕方あるまい。

ゆっくりと身体《からだ》から疲れが湯に溶け出していくような感じがある。炭酸泉でも硫黄泉でもない、〝魔力泉〟だからだろうか。

いや、普通に湯に浸かればそうなるだろうと言われればそうなのだが。

まだ日の落ちきらない空を眺める。雪雲はとっくにどこかへ去っており、のどかに白い雲が浮かんでいた。

「ふぅ」

俺は小さく息を吐く。湯船から立ち上る湯気に俺の白い息が混じる。湯に溶ける俺の疲れのようだな、と思った。

あちこちから疲れが抜け出ていく。目を閉じると、一瞬笑ったマリベルの顔が浮かんで、それも湯に抜け出ていき、意識も同じように抜けていった。

「エイゾウー！」

次に意識を取り戻したのは、俺を呼ぶ声でだった。すっかり寝入ってしまったらしい。

「いかんいかん」

俺はひとりごちる。風呂《ふろ》で寝るのはほぼ気絶と同様とか前の世界で聞いたことがある。あまり良い傾向ではない。疲れが溜《た》まっていただろうか。一度ベッドから出ないタイプの休日を過ごすことも考えたほうが良いかな。

「エイゾウー⁉」

「すまん！　起きた！　すぐ出るよ！」

湯船でぼんやり考える俺を再び呼ぶ声に慌てて返した。気がつけば日が暮れかけていた。時間にするとかれこれ一時間を超えて入っていることになる。

スーパー銭湯であれこれ湯船に浸かりつつサウナも、などとしているならともかく、ここで一時間浸かりっぱなしだったことは一度も無いからな。心配されてしまうのもむべなるかなである。

俺は慌てて湯船から上がると、手早く身体を拭《ふ》いて服を着、湯殿から飛び出すのだった。


そして夕飯時。

「確かになぁ」

ヘレンがカップを手に頷《うなず》きながら言った。俺はスープを呑み込んでから言う。

「だろ？　今日、雪合戦をやってみて、やっぱり射程のある武器をもっと増やしたほうが良さそうだと思ったんだよ」

「森の中だけど、周りも開けてるしな」

「うん」

俺は頷いた。今のクロスボウはリケ用に調整してある。他の皆は大体弓を操れるので、遠距離攻撃の手段は十分あるのだが、それらを持ち運んでいないときに可能な遠距離攻撃の手段、それがあるといいな、と今日数度雪玉を食らって思ったのだ。

それこそ投石みたいなものでもいい。それが十分武器たり得ることも今日の雪合戦で判明したことの一つである。

「じゃあ、石を集めるのか？」

サーミャが聞いてきた。俺はスプーンを咥《くわ》えたまま腕を組む。「行儀が悪い」とディアナに窘《たしな》められて、慌ててスプーンを口から出した。

「それじゃあエイゾウ工房らしくないよなぁ」

「何か作ります？」

今度はリケが目を輝かせて聞いてきた。

「そうだな……」

鍛冶《かじ》からは少し離れる部分が多いが、冬ごもりでもあるし、材料はたくさんあることも確認済みだ、アレを作るか。

俺がそれを皆に告げると、賛成の声が返ってきた。よし、それじゃあ、それを作るか。

のんびりぐだぐだする日を設けたほうが良かったんじゃと気がついたのは、ベッドに潜り込んだ後だった。

◇◇◇

「怖さがクロスボウと違うんだよな。何というか、いつ飛んでくるか分からない怖さというか」

革を細く割いた紐《ひも》を編んでいたヘレンが肩をすくめた。この中でリアルに投石の恐ろしさを知っているのは彼女だけだ。戦闘経験は魔物退治で皆あるのだが、軍同士が戦う戦場へ赴いたことがあるのはヘレンだけのはずだ。

あと可能性があるのはアンネくらいだろう。うちはリケを除いて皆強いから忘れそうになるが、元々〝お姫様〟らしからぬ強さだった。

それなら、前線に赴いて鼓舞するとかそういうくらいのことはあったかもしれない。だが、干戈《かんか》を交えるところまではしてなさそうではある。万が一があったらえらいことだからな。

「やっぱりそうか」

俺が言うと、ヘレンは頷いた。

「それに数が飛んでくるからな。ここの皆だったらその全部が無視できないし、ましてやそれがスリングで飛んでくるんだろ？」

「そうだな」

「食らう側には回りたくないな」

うへぇと舌を出すヘレン。そう、今回はスリングを作るのだ。

形状を簡単に言えば石を挟む部分もしくは石を置くカップの部分があり、その両端から紐が伸びているだけである。

伸びている紐の片方を手首などに結わえて石をセットし、もう片方を握りこんで振り回してスピードが出たら放すと石が飛んでいく、という仕組み……というかなんというか、まぁ、そういうものである。

そんなわけで、皆鍛冶場に集まっているが、単に広い作業場がここなだけで、今日は特に火を使わない。

別にマリベルのことを意識したつもりではないのだが、シンとしているのがなんだか彼女の不在を意識させるようでもある。

今はサーミャとリディがなめしておいてくれた革を細く割いたものを、皆で編んでそれぞれ紐にしているところだ。自分の身体にも合わせられるし。

作るのが一番上手なのは、やはりリケだった。器用にスイスイと紐を編み上げていく。前の世界でミサンガとか、パラコードブレスレットとか編むの上手な人がいたけど、そんな感じにも見える。

「こっちだとリケに敵《かな》わないなぁ」

「そうですか?」

俺もチートのおかげで決して下手な出来ではないのだが、いかんせん鍛冶のほうではなく生産のほうの故か出来映えは数段落ちる。俺のは編み目がリケのと比してかなり不揃《ふぞろ》いである。

リケの次に上手だったのはヘレンだった。意外と、と言うと彼女に怒られそうだが手先が器用なのだ。そのうち鍛冶仕事で細かいのも任せてみようかな。もちろん、ヘレンが嫌でなければだが。

リディも上手で、彼女だけ微妙に編み方が違うらしく、編み目で綺麗《きれい》な模様が出来ていた。リケとは違う上手《うま》さなので実際のところは比較しにくいところではある。

サーミャ、ディアナ、アンネも下手なわけではない。サーミャもディアナもそつなくこなしている。アンネだけが手が大きい不利もあってか、やや大雑把なようだが彼女が自分で使うことを考えれば十分問題の無い範疇《はんちゅう》だろう。

今回は携帯性を考えて、カップの付いたものではなく、中心部分にやはり革で石を包む部分を取り付けることにした。

「それ、大きくない？」

ディアナが指さしたのはヘレンのものである。ディアナが言うとおり、他の皆のものよりも石を包むところが一・五倍くらい大きい。

「アタイはこれくらいでいいんだよ」

「まぁ、力あるしなぁ……」

純粋な出力で言えばリケとサーミャ、そしてアンネがかなりのものなのだが、上手く力を使うことに関しては、やはりヘレンに一日の長がある。

運動エネルギーは重さにも比例してくるから、大きな石を投げられるなら、そっちのほうが良いという考えだろうな。

こうして思い思いに出来上がったスリングを手に回してみる。当然石をセットしてないので上手く回せないが、そんな状態でほどけてしまうということもないようだ。

「よし、それじゃ試すか」

バラバラと了解の返事が返ってきて、俺たちはスリングを手に表に出る。

雪はほとんどその姿を消していた。寒さはあるが、維持するほどではなかったようだ。僅《わず》かに日の差さないところに溜まっていたらしいのが残っている。

うちの庭には木が生えていないので日当たりが良い。なので、昨日雪合戦をしたフィールドはバリケードにした塊の一部がちょっと残っているだけだった。

その残っているのを、クルルが鼻先、ルーシーが前足、ハヤテも鼻先でちょいちょいとして、雪の名残を惜しんでいた。

朝の水汲《みずく》みの時もだったが、その時よりも更に減っている。滅多に降らないということは、次に出会えるのは来年かもしれない。それまでしばしのお別れになるはずなので、娘達にはほんの少しでも今の間に触れられるだけ触れておいて欲しいところだ。

まぁ、雪が残っていたら石を探すのも一苦労なので、俺達としては気候に感謝すべきところだろうな。

適当に散らばって、適当な大きさの石を集める。もちろん、あまり大きいと挟んで振り回すのに都合が悪いので、あまり大きくないものをだ。

半時ほど皆で手分けすると結構な数が集まった。小さく山になっている。すぐにこれくらい集まってくれないと「いざという時に弾の入手が容易」というメリットを活《い》かせないからな。

「よーし、アタイから行くか！」

「手本を頼むわ」

「おう！」

ヘレンはスリングの片側の紐を輪っかにすると、そこに手を通し手首で固定されるようにした。次に手首に通してないほうの端を握りこんだ。見た目には大きな革の輪を手に持っているようにも見える。

そして、石ころを一つ摘《つ》まみあげると、布のようになっているところにセットする。テキパキと進めていて澱《よど》みがない。過去にどこかの戦場で使ったことがあるんだろう。

「よぅし」

ヘレンはそう言うと、ブンブンと振り回しはじめた。もちろん俺達は距離を取っている。ヘレンに限って滅多なことは無いと思うが、用心せずに事故を起こすほうがマズいことは言うまでもないからな。

標的はいつも弓の練習に使っている的だ。何度も使っていて表面のささくれが酷《ひど》くなっている。そろそろ替え時でもあったし、命中して粉砕してしまっても問題はない。

最初はゆったりと振り回していたが、数回かなり素早く振り回したかと思うと、普通に投げる時のような動作をした。

パン！　と派手な音が辺りに響いた。一瞬皆が身をすくめる。

音は的が弾《はじ》け飛んで起きたものではない。離したほうの紐の先端が波打つことで一瞬だけ音速を超え、その衝撃波で破裂音がしたのだ。鞭《むち》を振るったときにも起こる現象である。簡単なところでは長いチェーンを波打たせると、最終的に先端が音速を超えて音が鳴る。

その派手な音とは裏腹に、ぽーんといった風情で石が飛んでいく。狙ったところに飛ばすにはそれなりに練習がいるはずだが、低く山なりに飛んだ石は的に向かって飛び、見事に命中した。

パカンと石が砕ける。あまり硬い石ではなかったようだ。では的のほうにはあまりダメージが無かったかというと、さにあらず。

元々かなり傷んでいたこともあるだろうが、命中したところが石の形に砕け散っている。これが頭に命中したら、兜《かぶと》を被《かぶ》っていたとしても致命傷であることは間違いない。

俺達はそれを少し背筋を寒くさせながら見ている。

「こんなもんだろ。よっし、それじゃあ練習しようぜ！」

生き生きと話すヘレンに、俺達はコクコクと頷くのだった。


パシッと鋭い音が森を渡る。一部が森の木々に谺《こだま》し空気を震わせていた。

今のはサーミャがスリングで投石したときに響いた音だ。彼女は弓を扱い慣れているからか、器用に的に命中させている。

当たるたびに娘達三人がそれぞれの声でキャッキャとはしゃいだ。

「さすがだな」

とは少し後ろに下がって腕を組んで見守っているヘレンの評である。ヘレンは俺のほうを見ずに続ける。

「ほとんど初めてであれだけ当てられたら上出来だよ」

「だろうな」

ヘレンのサーミャに対する評価には同意する他ない。鍛冶のような専門技術が必要なものはともかく、そうでないものについてサーミャはなんでも器用にこなす。

その意味ではうちの家族で一番だろう。今も試してみる前に二、三コツをヘレンから聞いただけで、ポンポンと的に命中させ、そのたびに娘達が沸いていた。

ディアナも時折外すものの、大体的の辺りにはまとまっている。狩りに使うならもう少し練習が必要そうだが、ここを守るための牽制《けんせい》でなら十分すぎるくらいの精度だ。

「守る、か……」

ピシッという音が響く中、俺は小さな声で呟《つぶや》いた。今のところは鳴子やこうした備えは「考えすぎ」と言われても仕方ないところではある。

それでも少数精鋭で来られた場合の備え、あるいは魔物に対しての備えはあってもいいだろうし、接近しない攻撃手段はあって困るものではない。なるべくなら使わないに越したことはないのだが。

「逆茂木《さかもぎ》まではやりすぎかな」

「あー……」

ヘレンが少し頭を掻《か》いた。逆茂木は先を尖《とが》らせた木の枝を相手側——うちの場合は外へ向けて——設置し、侵入を防ぐものだ。前の世界でも歴史的にはかなり古いものである。

魔物への対応というなら、バリケード的に逆茂木を設置するのもありなのではと考えたのだ。それに人間相手にも役に立つはずだし。

どっちも逆茂木程度で諦《あきら》めてくれるかは別の話だが。労多くして功少なしとなってもなぁ。それにそういったものを設置して事故が起きないという保証も無い。命を落とすところまではいかないだろうが。

「意味が無いことはないと思うけど、手入れが大変だろ」

「あー……」

今度は俺が頭を掻く番だった。なるほど、前の世界での日本の森ほどの湿度がないとは言っても木製ならそれなりに傷むだろうし、それを補修整備する必要がある。

そんなにしょっちゅうやらなければいけないものではないが、設置の手間に手入れの手間というコストをかけてまで設置しなければいけなそうかと言われるとなぁ……。

「そういうのは相手がよほど大軍で来るのが分かってるときで良いと思うぜ。その時はこの周りだけじゃなくて、もう少し遠くにも設置することになるだろうけど」

「なるほど」

俺は頷《うなず》いた。いや、正確には鉄条網の存在が頭をよぎったのだが。俺ならほぼ間違いなく作れるだろう。有刺鉄線もトゲのものと剃刀《かみそり》状のものがあるが、どちらでも問題ないに違いない。

ただ、この世界ではかなり先のものになってくるだろう。この森の中だけならとも思ったが、皆いつここを出て行くとも知れないわけだし、余計なものを教えてしまったあとで口止め、というのも心苦しい。

「ま、ここにはアタイもついてんだ。滅多なことにゃさせないさ」

今も石を投げ続けている皆を見るヘレンの目がスッと細められた。少なくともこの地域最強の彼女がいるのであれば、相手はそれ以上の戦力も用意しなければならないだろう。

「それもそうだな」

俺がそう言うと、ヘレンは「そうかそうか」と笑って、珍しく俺の肩をバシバシと叩《たた》く。

ディアナのそれとは違う衝撃と痛み。普通なら不快に感じるのであろうそれに、俺は頼もしさを覚えるのだった。

「スリングをそれぞれ持ったことだし、マリベルが戻ってきたら全員で家を守る訓練はしたほうがいいかな」

しばらくスリングの練習をしたせいか、じわりと痛む腕をさすりながら俺は言った。今は夕食後のひとときである。温泉にも浸かったが、どうにも筋肉痛には効果がなかったらしい。

それよりも思いの外筋肉痛が早く来たことを喜ぶべきか。前の世界では次の日に来るのが当たり前になってたからな。若返りの恩恵と言って良いかはともかく。

「魔物討伐の時みたいに？」

湯で割ったワインを飲みながら、ダイニングのストーブ近くに椅子を運んで暖まっていたディアナが言った。冬に入ってから、夜はああするのが彼女のお気に入りらしい。俺は頷く。

「何事も訓練しておかないと、いざという時に身体が思うように動いてくれないからな。あの時も訓練してなかったら、どう動けば良いか迷っただろうし」

「それぞれどうするのか確認しておいたほうがいいとアタイも思う」

こっちはリケと一緒に火酒を呷《あお》っていたヘレンだ。

「皆の剣も大分良くなってる。……ディアナは剣筋が素直すぎるだけで、前からそこらの兵士よりは強かったけどさ」

そんなヘレンの言葉に、アルコールもあるのだろう、ディアナの顔がパッと輝く。

「教えることはそりゃあるけど、稽古《けいこ》の時間を少し減らしてでもそっちをやったほうが良いかもな」

「私もですかね」

ヘレンと火酒を呷っていた片割れのリケが俺を見て言った。うちで一番戦闘能力がないのは彼女だが、それでも自分の身を守る程度のことはできる。

リケは自分が足を引っ張ってしまわないかが心配なのだろう。魔物討伐のときに彼女が足手まといになってしまった記憶はないので、完全に杞憂《きゆう》だとは思う。

単に他の面々の戦闘力が高いだけだ。特にディアナとアンネは身分を考えるとちょっとおかしいと言われかねないくらいである。ヘレンという師を得て更に磨きがかかっているし。

そのヘレンが自分の頭の後ろに両手をやりながら言う。

「まあ、万が一を考えるとな。毎日じゃなくて、週に一度……そうだな、街に出かけた日にやる、とかくらいでいい」

「それくらいなら大丈夫そう」

リケが小さく息を吐いた。鍛冶屋《かじや》としてあんまり戦闘能力の向上に邁進《まいしん》するのも、とは俺も思うので、ヘレンの言うペースには賛成だ。〝黒の森〟の主直々に最強戦力とまで言われておいて今更ではあるが。

「具体的に何をするかとかは追々考えていこう。対応を急がなきゃいけなそうな相手も今はいないし」

「そうだな」

ヘレンは頷いて、テーブルに置いてあったカップの火酒を飲み干すと、今日はもう寝るのだろう、そのカップをゆすぎに台所へ向かった。

大抵は俺が自室に引っ込んだ後も起きているらしい皆も、今日はスリングを作って練習してとやったので疲れているらしい。ヘレンのその動きでお開きとなった。

◇◇◇

そして数日が経《た》ち、そろそろカミロのところへ納品に向かう頃だな、納品物の数を一応チェックしておかねばならないなと思いはじめた夕方、鍛冶場を片付けていたら、バンと勢いよく扉が開けられた。

開けたのはサーミャだ。彼女もこの時間はリディと畑の手入れや弓の練習をしていて外にいる。

「エイゾウ！　アラシがきた！」

サーミャは俺にカミロのところにいる小竜の名前を告げた。普段は新聞宜《よろ》しく定期的に王国の情勢を伝える手紙を運んでくれている。このところは「なべて世は事も無し」であると聞いていた。

サーミャが少し焦っているのは、その手紙は大抵朝早くに届けられる――大体俺が水汲みに行って戻ってくるくらいのタイミングだ――のだが、今はその時間ではないし、「新聞」が届くタイミングでもない。

つまりは、何か緊急の連絡があったのだ。俺は片付けもそこそこに、サーミャが開け放った扉から外へ飛び出した。

アラシの脚にはいつもなら手紙や新聞を入れた筒だけがくくりつけられている。だが、今日はその他にもう一つ大きめの包みもついていたらしい。

そこそこの大きさだったため、アラシが来てすぐにディアナが外してやったのだそうだ。

今、俺の目の前に差し出されているのがそれだ。引き取って手に持ってみるとそこそこ重い。

これはもし鳥に運ばせようと思えば、大型の猛禽類《もうきんるい》に託すしかないように思える。

それを平気で運んでこられるのは、アラシが竜であることの証明、ってことでもあるだろうな。

「よく頑張ったな」

俺が頭を撫《な》でてやると、アラシはキュウキュウと鳴いた。喜んでくれているのだろうか。すぐにハヤテとじゃれ合いを始めたので、どうだったのかはよく分からずじまいになってしまった。

「さてさて」

俺はその少し重い何かを包んでいる布を取っていく。不穏ではあるが、どこかしらプレゼントのような感じもあって、皆が少しワクワクしているのが伝わってくる。

そして布を取り払ったあと、中から現れたのは小ぶりのナイフだ。

「これは……」

ナイフが現れたとき、一番目を輝かせていたリケが絶句する。いや、俺も負けず劣らずだったかもしれない。

姿を現したナイフの形状には見覚えがある。それもそのはず、何度も見たことのある形だからだ。

ナイフはうちの工房の形状ソックリそのままだったのだ。

「はぁ、これは……」

アンネがナイフをためつすがめつしている。今はテラスに明かりを持ち込んで、そこでナイフの品評会だ。アンネがナイフを動かすたびに、キラリと明かりを反射する。

やがてアンネはナイフをテーブルに置くと、ため息をつきながら言った。

「うーん、違うのは分かるけど、何がどうと言われると難しいわね。エイゾウの作ったほうが遥《はる》かに綺麗《きれい》なのは分かるけど」

「形はそっくりだからなぁ」

俺は見えない天を仰ぐ。木製の天井。俺達家族で作り上げたものだ。ナイフだって俺一人だけのものではない。板金を作ってくれたりした、家族の協力あっての部分も少なからずある。

「出来はどうなの?」

と、ディアナが言った。性能的にうちのを脅かすようなものかどうか、ということだろう。そんなものが出回ったら、商売あがったりだからな。

俺はテーブルの上で鈍く明かりを反射しているナイフをチラリと見て言った。

「まぁ、うちの〝高級モデル〟には及ばないな。〝一般モデル〟だとどうかな。この出来が上限でないなら、たまには良い勝負するかもしれん。でも、うちが圧勝するとは思う」

それを聞いて、ディアナはホッとため息をついた。

鑑定はもちろんチートである。見たところ、叩いた後のばらつきがかなり目立つ。そもそも形状はそっくりだが、あちこちに粗が残っていることが簡単に見て取れるのだ。

「カミロさんからの手紙もそのナイフについてですね」

静かな、しかし明らかな怒気をはらんだ声でリディが言った。彼女が広げている手紙を俺は横から覗《のぞ》き込んだ。

「なになに……『都の市で発見された偽物を送っておく。出処《でどころ》も確認は進める』か」

いつもの世間話みたいなニュースの時は、もう少し朗らかな文体のカミロがここまで簡潔なのは、彼も腹を立てているのだろうか。

俺が読み上げたところに、更に横から入ってきていたヘレンが言った。

「都の市で見つけた……か。まさか」

「いやぁ、それは無いと思うぞ」

「だよな」

俺が否定したのは「これを作ったのがカレン」という話だ。彼女は今都にいる。そして、うちのナイフを知っている。猫の刻印に至るまでだ。

その猫の刻印もしっかりこのナイフに入っていた。最初に見つけたのはサーミャだったが。

さらには鍛冶の修行をしているのだ。このナイフを作ることが出来る容疑者を挙げろと言われて真っ先に思い浮かべてしまうのも無理はない。

だが、彼女にはそうするメリットがない。すぐに自分だとバレてしまうようなことをして、今後俺達の協力を得られなかったら、今まで都にいた意味が無い。彼女の伯父が帰国するときに一緒に帰っていたほうがまだ良いだろう。

そう思いたい、というのも否定できないところではあるのだが。

「どうもちょくちょく出回っているらしいですね。それで確認するのに現物を入手して送ったのだと」

「俺達がよそにも回しはじめた可能性があるからな」

カミロのところには品を卸す約束をしている。だがそれは専属契約的な制限のある約束ではない。となれば、うちとしては良い条件があればそこにも品を回すことは可能だ。

それはエイゾウ工房の側から見たカミロも然《しか》りだ。カミロがどこから何を仕入れようとも、うちから仕入れている限りは、俺達から文句を言われる筋合いはない。

「偽物かぁ……」

商標や意匠を登録して保護する、という概念はまだこの世界にはない。貴族のエンブレムを勝手に使えば下手すりゃ極刑だが、それとはまた意味合いが違うしな。

「で、結局なんなんだ、このナイフは？」

テラスの手すりに腰掛けて、脚をぶらぶらさせているサーミャが言った。俺は苦笑しながら返す。

「これが具体的にどういうものか、というのは分からん」

サーミャが小さくフンと鼻を鳴らす。俺はそのまま言葉を続ける。

「だが、これが誰か――あるいは誰かたち――によるエイゾウ工房への攻撃だろうって考えは、多分そうズレてないと思う」

俺がそう言うと、皆が俺のほうに顔を向けた。その顔は、これからについてとことんやってやろうという意志に満ち始めている。俺にはそんな風に見える。

「まぁ、そうは言ってもさしあたって出来ることはそうないな。強いて言えばカミロに『こりゃ間違いなく偽物だ』って返事するくらいか」

ガタリと家族全員が身体のバランスを崩した。有り体に言えばズッコケた。

この偽物の流通が攻撃であろうことは確かだ（と俺は判断している）が、攻撃の意図や最終的な目的が見えていない。

「コイツが偽物だった場合に……いやまあ偽物なんだけどさ、うちも被害はあるんだけど、カミロにも被害はあるしなぁ。街に行くのを待つんじゃなくて、慌てて送ってきたのはそのへんもあると思うぞ」

偽物が売れた場合、単純にその分の売り上げが減っていてもおかしくない。ナイフなんかはそう大した値付けをしていないと思うし、短剣にしてもその他のものにしても高値でガンガン売れるようなものではないが、チリも積もればということを考えるとバカにできないだろうな。

俺達はカミロのところに卸した代金はその都度貰《もら》っているから、こう言ってはなんだがその後はどうなっていても関係ない。カミロだけが損している形だ。

「でも、この状況のままだとマズいわよね」

静かな声でアンネが言った。俺は頷《うなず》く。

「この状況が続いて、俺達のがカミロのところに卸せなくなったら、商売あがったりだからな。カミロのところに卸せなくなったときはよそにも卸せないだろうし」

要はエイゾウ工房の製品について需要がなくなっている状況だ。カミロだろうと誰だろうと引き取って売ろうとはしないだろう。そうなれば俺達もいずれ干上がっていく。

「どのみち情報が少ない。その辺も一旦《いったん》カミロに任せて、俺達はその情報で方針を決めていこう」

今は防御するにも迎撃するにも、どういったものを揃《そろ》えれば良いのか全く分からないからな。

俺は偽物のナイフを手に取った。形はうり二つ。しかし性能としては〝一般モデル〟にも劣っていることをチートが教えてくれていた。

この出来だと一般的なナイフとそう大差はない。少なくともうちの商品として喧伝《けんでん》されているような「いいもの」でないのは確かだ。

俺は脳裏に今手持ちの金がいくらだったかを浮かべた。家族全員となるとやや厳しいが、頑張れば一年か二年はもつくらいはある。もし最悪の事態になってもある程度の立て直しを図れるくらいの余裕はありそうだな。

どのみち、俺が多くを敵に回してでも守りたいのはそういうものではない。クルルにルーシー、ハヤテを含めた家族と、彼女達との〝いつも〟の生活が一番だが、それ以外でとなると製品の評価になるだろう。

俺の直接の評判とは少し違って（そっちは元々望んでないし）、ここで作り出し、世に送り出してきたものが「取るに足らないもの」として扱われるかもしれない、というのは職人として堪えがたい恐怖だ。

たとえ、俺がここに来て——つまりは鍛冶屋《かじや》をはじめて——一年にも満たないとしても。

それに、ナイフは俺以外にもサーミャやリケが作ったものもある。その辺りの評価、評判が貶《おとし》められるのは腸《はらわた》が煮えくり返る思いがする。

今のところ、そんなことにはなっていないとカミロの手紙にはあったが。

いつの間にかディアナが持ってきてくれていた筆記具と紙。そこに俺はシンプルに「これは偽物である」旨を大きめに、堂々と記した。

その紙を丸めてアラシの脚にある筒に納めると、その頭を撫でてやる。

「それじゃあ、よろしくな」

「キュイッ」

アラシは短く、鋭く鳴くとスッと飛び立った。夕闇が迫ってくる空を切り裂くような速度であっという間に去って行く。

俺達エイゾウ工房の面々は、工房の未来の一部を運んでいくアラシを、その姿が消えてもしばらく見送っていた。

「……大丈夫?」

アラシを見送った俺に、ディアナが問いかける。ふと見ると、皆も少し心配そうに俺の方を見ていた。

「うん、まぁ、多少動揺はしてるけど、ジタバタしても仕方ないしな」

俺は笑顔で答えたつもりだったが、妙な表情をしたディアナの様子を見るに、上手《うま》く笑えてはいなかったらしい。元々、笑顔が苦手ではあるが、今は多分そういう感じではないんだろう。

森の中では打つ手も限られる。ネットのある前の世界なら何かしら調べるなり、メールするなりして対応を考えられるが、そんな便利な手段が普及していないこの世界ではどうしようもない。できるとしても、せいぜいがハヤテに頼んで手紙をカミロに届けて貰うくらいだろうな。

その状態でジタバタしたり、必要以上に気を揉《も》んだりしてもあまり益は無い。慌てても仕方ないときには慌てない。前の世界の仕事で（ブラックではあったが）得た数少ない役に立つ事の一つだ。

そう思っているつもりだったのだが、どうやら心の底の方はそう思っていなかったらしい。

「いずれ偽物が出回るかもしれない、という可能性も考えてはいたつもりだったんだけどな」

空を仰ぎ見る。アラシが切り裂いていった空はもう星が輝きはじめている。

「出処はもちろん知りたいところだけど、一番知りたいのは動機かなぁ……」

「動機ねぇ」

ヘレンが言って俺は頷く。

「偽物を作るからには何か理由があるはずだ。それが俺達にとって好ましくない理由の場合もあるだろう」

「金儲《かねもう》けしたかっただけとかか？」

「そうだな。正面からぶつかりあうことになっちゃいそうだしな」

サーミャの言葉に、小さく苦笑する。可能性として一番納得できて、かつ、あり得そうなところがそれだからだ。

そしてその場合、同じもの（性能は違うが）を売っているもの同士、パイの奪い合いということになる。

しかし、場合によっては一番話が早いかもしれない。例えば〝一般モデル〟より更に性能としては落とした、謂《い》わば〝大量生産モデル〟とでも言うべきものを作って、カミロに卸し、カミロはそれを偽物ナイフの連中に更に卸し、それで金儲けをしてくれればよいのだ。

うちの負担は増えることになるが、作る速度を上げて良いなら今まであまり手伝って貰っていなかったアンネにも積極的に手伝って貰えばいいし、義理も何もかなぐり捨てる勢いなら、都にいるカレンに頼んで作って貰う――一種のＯＥＭのような体制もとれなくはない。

最後のはそれをするくらいなら出来を見て弟子に取ったほうが早いだろうな。あまりにも打算的にすぎるのでそれもちょっと、といったところだが。

ともあれ、金儲けが目的なら一緒にある程度は儲けさせてやり、それで丸く収まれば万々歳だ。

それに……。

「ま、他に何か……そうだな、金儲けにせよ、その事情なら手伝ってやろうかな、と思えるようなことならそうするのも良いな」

いささか上からの目線のきらいもあるが、とにかく事が穏便に収まるなら俺としては文句は無いのだ。少なくとも俺の脳は今のところそう言っている。心の動揺のゆくえ次第ではちょっと分からないけれど。

「甘いかな」

「甘いわね」

ぴしゃりと言ったのはアンネだ。ほんわかした肩書き通りの見た目とは裏腹に、冷徹さを持ったアンネは商売敵を許しはしないだろうな。

アンネはそこで大きくため息をついた。

「ま、でもエイゾウらしいんじゃない？」

「そうね」

アンネの言葉をディアナが引き取る。サーミャやリケもうんうんと頷いている。

「結局、そんな状況で頼まれたら断り切れずに助けに行っちゃうんだろうしな」

頷きながらサーミャが言った。うんうんと家族の皆が大きく大きく頷いた。心なしか娘達も同じようにしているように見える。

「とりあえずは出来ることもないし、明日の仕事に備えよう」

俺がそう宣言すると、皆から分かったの声が返ってきた。

俺は再び空を見上げる。寒空に浮かぶ月が、俺達を見下ろしている。願わくは、変な方向に転がりませんように。俺はそう、祝福を地面に降り注がせている月の女神に心の中でそっと祈った。

8章　暗雲の中の〝いつも〟

それから三～四日は〝いつも〟のとおりに過ごした。その間はマリベルが帰ってくることもなければ、カミロから続報が来ることもなかった。先に控えた納品日に向けて淡々と製品を作っていくだけだった。

〝新聞〟の状況も気にはなるが今はそっちにリソースを当てられる状況ではないだろうしなあ。

その日の仕事を終え、片付けをしていると作り終えた品が山積みになっているのが目に入る。

俺は同じく片付けをしていたリケに言った。

「うーん、結構な数になったたな」

「そうですねぇ」

あれやこれやしつつではあったが、集中して作った製品はそれなりの量になっている。さすがに六週間分と言うにはいささか心許《こころもと》ない量だが。

「今更だけど、クルルは牽《ひ》けるかな。俺たちも乗るわけだし」

「うーん」

リケはおとがいに指を当てる。

「大丈夫だとは思いますよ。行き帰りに見ててもまだ余裕がある感じしますし」

「ふむ」

普段クルルが牽く竜車の手綱を握っているのはリケだ。その彼女が言うのであれば確かだろう。ちょっと重い方がクルルは張り切るっぽいのもあるし。

「重いのは行きだけだし、いざという時は俺たちで担いで歩こう」

「遅くなっちゃいますけど、その時は仕方ありませんね」

ある程度はマンパワーでなんとかするしかなさそうだ。幸い、うちの家族はみんな一騎当千である。荷物を抱えてクルルと同じ速度というわけにはいかないだろうが、一般的な人より早く進めるとは思う。

「そういえば、荷車がないときは俺が担いで行ってたなぁ」

「ああ、そうでしたね」

あの頃は一日くらいかかっていたように思う。それから比べると随分と往復が早くなったなぁ。

今回は帰りは早いし、行きがちょっと遅れるくらいなら問題ないだろう。他のみんなにもとりあえずそのつもりでいてもらうか。

夕食の時にみんなにその話をした。人にはよって程度は違うが、みんな察してはいたようで、特に異論は無いようだった。

むしろディアナなどは、その時になって判断するのではなく、最初からそのつもりでいたほうが良いのではと提案するくらいだったので、俺が言い出すまでもなかったみたいである。

「あれ、それじゃあ、明日はちょっと時間空くのか？」

一通り次の納品の時の話が終わったところでサーミャが言った。俺は頷《うなず》く。

「暇かと言われたら当然そうじゃないけど、休みを入れる余裕はあるな」

元々、毎回納品する数も確約はしてないのである。なんとも気楽な契約だが、それで良いと言ってくれている間は甘えておこう。いつかキッチリ決められるようになるとも限らないのだし。

などと考えていたら、サーミャが少し身を乗り出すようにして言った。

「じゃ、みんなで一緒にちょっと森へいこうぜ」

「森へ？」

獲物がいないから家に籠《こ》もっている、と聞いていたが、狩りにでも出るのだろうか。

俺がそんなようなことをサーミャに聞くと、

「獲物はいないんだけど、森の様子が変わってないか見に行きたいんだよな」

とのことだった。向こう五週間ほど全く森の様子が分からないまま、狩りに復帰というのもリスクがあるか。

「分かった。じゃ、明日は空けておくよ」

出ている間にカミロの手紙……つまりはアラシが来るかもしれないが、丸々一日待たせるようなことにはならないだろう。

それこそドラゴンに命を狙われるとかでもなければ。

明日遊園地に行くぞ、と言われた子供のようにあれこれ話をして盛り上がるみんな。この賑《にぎ》やかさのためなら、もし一日分の納品が減ったとしても、行く価値はあるな。俺はそう思った。

◇　◇　◇

「うーん、寒いな！」

暖かい家の中から外に出ると、ピュウと風が吹いた。まるで刃物が混じっているかのような冷たさだ。

雲はないから、日がもっと上がってくればマシになると思うが。

ディアナとリケがクルルに装具をつけている。途中、良さそうなところがあれば弁当や釣りの時間にしよう、ということになったので、その荷物を積みこむための装具だ。

装着し終えると、クルルの背中に籠《かご》が載っている。その中には敷物や弁当箱――木製の行李《こうり》みたいなもの――や道具に食器が積み込まれていた。籠の脇からは水を入れておくための袋が提がっていて、朝汲《く》んできた水を入れてある。

他にも細長いものを入れておくための筒がつけられていて、いざという時は槍《やり》をここに据えることもできるが、今は釣り竿《ざお》が入っている。

一通り荷物を積み終えると、クルルは満足そうにフンスと鼻から息を吐いた。ルーシーがキラキラした目でそれを見上げている。いつかは自分も、と思っているのだろう。

しかし、クルルはいわば専門家で、ルーシーはそうではない。でも、そこらにいる狼《おおかみ》くらいの大きさになれば、マリベルを背中に乗せて駆け回ることは出来そうだ。

「うーん、マリベルも来られれば良かったわね」

「そうだなぁ」

キャッキャとはしゃぐ娘達を見て、ディアナが言い、俺は頷いた。ここに四人目の娘がいたら、更に賑やかだっただろう。初めてのお出かけにワクワクして、三人と一緒にはしゃぐ姿が目に浮かぶようだ。

その光景が今見られれば良かったのだが、マリベルがリュイサさんと一緒にどこかへ出かけてからまだそんなに経《た》っていない。望んでも詮ないことだ。

「いずれちゃんと帰すとリュイサさんの太鼓判もあることだし、その楽しみはもう少し先に取っておくことにしよう」

「そうね。早く帰ってこないかなぁ」

残念な気持ちを微塵《みじん》も隠す気のないディアナ。それに家族からの同意の頷きが帰ってくる。ともあれ、これで準備は整った。

「よし、それじゃあ出発だ」

『おー！』

「クルルル」「ワンワン！」「キュイー」

それぞれのかけ声で気合いを入れた俺達は、寒風何するものぞと言わんばかりに、森の中へ歩みを進めていった。

今日は目的があるわけでもないから、森の中を進むスピードはのんびりしたものだ。サーミャもヘレンも周囲に配る目がそこまで厳しくない。街道を行くときのほうがよっぽど警戒している。

その辺についてサーミャに聞いてみると、

「この辺りは慣れてるからなぁ」

ということだった。その後をヘレンが引き取る。

「基本的に人が来ないし、大きな獣もそう数は多くない。アタイでもそんなに気を張らなくても大丈夫だよ」

なるほど。この辺りはせいぜい狼くらいだが、彼らが俺達を襲うことはあまりない。襲いかかってくるとしたら熊か魔物くらいなものだが、それはそこまで鼻が利かなくても気がつくということか。

「街道のほうは人間がいるから、アタイにとっては厄介だね」

「確かにあっちの方が視線が鋭いな」

俺が言うと、肩口に軽く衝撃が走った。ディアナの連続したやつに比べたら、大した衝撃ではない。

「ま、この時期でそんなに獣たちもいないし、そこまでピリピリしなくても大丈夫だよ」

その様子をやや呆《あき》れた様子で見ながら、サーミャが言った。

冬だから動物たちも籠もっているのかと思いきや、外に出ることを選んだのもいるようで、時々茂みや木の枝が揺れたり、チッチッと小さな声で鳴いているのがいたりする。

「あれは何かしら？」

「あれはですね……」

ほんの僅《わず》か姿を見せている小鳥やリスなんかをアンネが指さし、リディが答えている。

こうして、冬の森をのんびりと散歩するように俺達は進んでいった。


〝黒の森〟には色々な動物がいる。ということは、それを支える様々な植物もあるわけだ。

この森には常緑樹が多い。最初は普通に種としての常緑樹が多いのかと思っていたのだが、どうも魔力の影響もあるらしく、リディ曰《いわ》く、

「あの木は私のいた森では冬には葉が全部落ちていましたね」

という木が結構な数あるようだ。それがこの森全体にどういう影響をもたらしているかは、森の精霊ならぬ身の俺には分からないことである。

いや、リュイサさんに聞いても「わからん」と言われそうな気がするな……。

それはともかくとして、時折季節外れなはずの果実が収穫できることがあるのも、その辺りの特性があるらしい。

サーミャとしてはそれが当たり前だったので違和感などはなかったらしい。まぁ、「それが普通」であればそうなるのは当たり前ではある。

俺だってリディに聞かなければ、この世界の植物はそういうものであると思っていただろう。インストールには動植物の知識があまり入っていない。

致命的に危ない植物——前の世界で言うところのトリカブトとか——などはその葉の形なんかが

入っていた。うっかり食ったり、薬として服用したりしてしまったらおしまいだからだろうな。

ともかく、この〝黒の森〟ではエルフの種のように、季節が違っても果実が実ったりすることがある、ということだ。

そうは言っても冬はピークではないということで、その数もかなり減るらしい。

「一〇分の一採れたら良いほうのやつもあるな」

サーミャが言った。普段二〇個採れるとして、二個採れたら良いほう、というのはまとまった量を期待していいものではないな。

実際、気温が下がって冬になってからは狩りのついでに採取する量は減っていたように思う。

「エルフの種もすぐに育ったりはしますけど、やっぱり冬よりは春や夏のほうが良く育つんですよ」

とはリディの言葉である。安定して収穫できているように思ったが、そこはリディの腕によるところのようだ。手塩にかけて育てているだけあるな。

そうやって皆でワイワイ歩いていると、ディアナがあちらこちらに視線を走らせているのに気がついた。カサリとでも音がすればそちらの方を見ている。

我が家随一の可愛《かわい》いもののハンターであるところの彼女は、きっと何か可愛いものを探しているのだろう。

同じようにヘレンとアンネも反応しているのだが、彼女たちの場合は純粋に警戒だろう……と思ったが、特に何もないと分かるとその目にややガッカリした雰囲気が宿る。ディアナとあまり変わらなかったか。

まぁ、結果的に周囲の警戒にはなっている。それに今日は狩りとかではなく、おかしなところがないか見回りのようなものなのだし、そっちの意味でも無意味な行動ではないから、俺が目くじらを立てることもないな。

「あっ」

そうやって木漏れ日の差す森の中を進んでいると、ディアナが声を上げた。ヘレンが腰の剣に手をかける。カチャリというかすかな音が俺の耳に届いた。

「あ、ごめんね。何か危ないものを見つけたわけじゃないの」

ディアナの言葉にヘレンは剣から手を離した。

「あれかな?」

アンネが同じものを見つけたらしく、目の上に手をかざして眺めた。視線の先を俺も見てみる。

「うーん?」

俺には何が見えたのかよく分からない。冬なのに青々としている葉が見えるだけだ。トトトとディアナが何かを見たらしいところへ近づいていく。

「お、おい」

俺達はその後を小走りに追いかける。クルルとルーシー、ハヤテも一緒だ。

「ほら、あれ!」

追いついた俺達に、ディアナは指し示した。その先を目で追うと、ほんの僅かに残った雪のように、小さな小さな白い花が集まって咲いている。

全部を合わせても、普通の花よりかなり小さい。しかし、儚《はかな》さや頼りなさのようなものは感じない。冬の寒さの中、これが自分たちの生き方であるというかのようだ。

俺はその姿を見て、あることに思いが至る。

「大きな木の中で寄り集まって生きてるのね。私たちみたいだわ」

俺が思ったことを、ディアナが口にした。皆も同じことを思ったのか、頷いている。俺も頷きながら、

「そうだな」

ピョンピョンと跳ねて一緒に見ようとするルーシーを抱っこしてやりながら、そう言った。

9章　反撃の狼煙《のろし》

「カミロさんからお手紙が来ましたよ」

鍛冶《かじ》仕事を終えて、片付けをしていると畑に出ていたリディが手紙を持って入ってきた。

リディから手紙を受け取り、開く。中には、

「話しておきたいことがあるから、納品がてら来てくれ」

ということが簡潔に書かれていた。この書き方だと、あの贋作《がんさく》の件で何らかの進展があったようだ。

「と、いうことらしい。明日早速向かうとしよう」

俺が言うと、家族から了解の声が返ってきた。


いつもどおりに準備をして、森を抜け、まだ冬の息吹が強い街道を進んで街に入り、カミロの店についた。

丁稚《でっち》さんも寒空ながらも朗らかな笑顔で出迎えてくれ、うちの娘達も再会できてはしゃいでいた。

そのまま店の中に入り、商談室でカミロ達を待つ。

待ってさほど経《た》たないうちに、商談室の扉を開けて入ってきたのは番頭さんとカミロだ。

いつもの二人と言っても良いかもしれない。番頭さんは手に布にくるまれた何かを持っている。

「まず先に商売の話だが、持ってきたのはいつものとおりでいいんだな？」

「ああ。量は期間に合わせてる」

俺は今度は頷《うなず》いた。普段より少し多い数を持ってきただけで、納品する物自体は変わらない。何か変わったものを持ってきても良かったかもだが、それはまた今度だな。

「じゃ、次はこれだ」

カミロがそう言うと、番頭さんがあまり大きくない、布にくるまれたものをテーブルに置いた。

俺はその包みを解《ほど》いた。中身は小ぶりのナイフ……というよりは小刀である。

「これがカレンの？」

俺がカミロを窺《うかが》うと、カミロは重々しく頷いた。

そっと小刀を手に取る。キラリ、と室内に差し込む光を刀身が反射して煌《きら》めいた。丁寧に磨いた証拠だ。電気で回転させるバフなどはもちろんないので、結構な手間がかかったはずである。

俺は刀身に光を映して動かすが、光がグニャリと歪《ゆが》むことは無い。つまり、その刀身が歪んでいないということだ。

刃に親指を当てて、具合を確認してみたが、特に文句をつけるようなところは無さそうだ。

魔力の籠めかたはもちろん全然であるが、総じてクオリティは高いように見えた。

俺はその小刀を隣でソワソワしているリケに差し出す。

「ちょっと見てみてくれ」

「はい！」

リケは恭しく受け取ると、すぐにためつすがめつ、小刀を検分しはじめる。とりあえずは俺の意見を聞かない状態で、リケには判断して貰《もら》おう。

俺がしたのと同じようにリケは小刀をチェックした。他の家族はその様子を興味深そうに見ている。

やがて、リケはくるんでいた布の上に小刀をそっと置いた。そして、ほうと小さくため息をつく。なんとなし、俺たちはゴクリと唾《つば》を飲み込んだ。

「これは良いものですね」

そう言ってリケはニッコリと笑った。カレンとうちの家族——というよりは俺——の間にちょっとしたすれ違いはあったが、別に憎んでいるわけではない。

むしろ知っている人間が良いものを作ってきたことに喜ばしい気持ちを覚えているのだろう。

そして、それは俺も同じだ。

「うん。基本的にできはとても良いと思う。まぁもう二〜三詰められそうなところもあるが……」

ほんの僅かバランスが悪かったり、一部刃付けが均一になりきっていないところがあったりだ。

それも俺はチートで分かっただけで、普通に使う分には何一つ困ることはないだろう。

俺がそう説明すると、リケからも特に異議はなかったので、その旨をカレンに伝えてもらうようカミロに言った。

「それでカレンのほうで判断してもらってくれ」

正式にうちに来るか、もう少し都で頑張るか。俺が「よし、この腕なら良かろう」としても良いのだけれど、まずは自主的にどうしたいのか確認しておきたい。

「わかった」

カミロは今日一番深く頷いた。そして、顔を上げる。

「で、ここからが本題なんだが……」

来たか。俺はそう思った。今、俺とカミロの間で最大の懸案事項。

俺は次にカミロからどんな言葉が出てくるのか、椅子に深く座り直して身構える。

「お前んとこのナイフの偽物についてだ」

カミロから出たのは、この部屋にいる誰もが予想していた言葉だったが、それでも少し息を呑《の》む。

俺は呑んだ息を吐いてため息をついた。

「で、どんな尻尾《しっぽ》を掴《つか》んだんだ？」

俺が言うと、今度はカミロがため息をつく。一瞬の逡巡《しゅんじゅん》。このあたりは俺があまり商人らしくないなと思っているところで、信用している点でもある。

「まだ全容は掴めていないんだがな」

カミロは口を開いた。

「出処《でどころ》はわかった。公爵派の貴族お抱えの鍛冶屋だ。元になるナイフは簡単に入手できるから、形を真似《まね》するのは難しくなかっただろうな」

「よくたどれたな」

「上手《うま》く隠していたが、こっちは商人だぞ。隠し通せるもんかい……と言いたいが、最終的にバレるのは織り込んでいた気配がある」

それに反応したのはアンネだった。

「……相当な下っ端に任せた？」

「さすが。ご明察」

カミロは小さく笑って茶を啜《すす》る。

「普段は都にいないヤツで、ディアナさんに聞いても覚えがあるかどうか、ってくらいの男爵だ」

そう言ってカミロは人名をディアナに告げた。言われたディアナは首を横に振る。

「覚えてないわ」

「でしょうな。特に目立った何かがある家でもないので、知らなくても不思議はない」

「ふむ」

アンネがおとがいに手を当てた。

「そこまでは余裕で追えたとして……その先ですか」

「ええ」

アンネの言葉にカミロが頷いた。

「どう見ても単独で都に流せるはずがない」

「ディアナが覚えてないくらいだからな」

カミロは今度は俺の言葉に頷く。

都というのは王国内で一番人が多く集まる場所である。逆に言えばそれだけ利権が絡み合うところであるとも言えよう。

そんなところへ無名の、いわば特に利権を持たない貴族が品物を流せるかと言うと、これは厳しいと言わざるを得ないだろう。

都にナイフを流すにも既に色々なところが販売していて、カミロも侯爵や伯爵――マリウスのことだ――が後押ししなければ販路を確保できなかったはずだ。

であれば、男爵氏もなんらかの後ろ盾でもなければ都に品物を持ってくることからして難しい。都の中に入れてしまえば後はどうとでもなるが、それまでの壁が高い。

「であれば、誰が後ろにいそうかってのはすぐ分かるってこった」

「公爵か」

再び頷くカミロ。

「一番上はそうだろうな。だが、公爵派ということが分かっていて、私が手を貸しましたと、そんな分かりやすいような真似をするはずがない」

「そりゃそうだ」

「少なくとも追及したところで知らぬ存ぜぬか、『他のものの販売だと思った』あたりで通すだろうな」

偽物の流通に手を貸したなんてことがバレたら、そこそこ大きな失点だ。公爵という身分と立場は維持できたとしても、動きが大きく制限されることは間違いない。

それは貴族としては避けるべきところなのは俺でもわかる。そんなヘマをしないからこそ派閥の長を維持していられるのだろうし。

「じゃ、トカゲの尻尾を切らせて終わるか？」

俺はカミロに言った。ともあれ偽物のナイフを市場から追い出せれば、当面は問題ないはずだ。いずれ向こうも次の手を打ってくるだろうが、それまでの時間は稼げる。

今も俺たちには小さなダメージが入り続けているからな。そこから片付けるのは選択として間違いではない。

だが、カミロの口からは思ったのとは違う言葉が出た。

「それでも良いが、それじゃ向こうへのダメージが少なすぎる」

「じゃ、どうするんだ？」

聞くとカミロはニヤリと笑った。あまり良くない笑いだ。

「実はな、今度、帝国からの使者が王国にいらっしゃることになっている」

ガタリとアンネが音を立てた。見ると腰がかなり浮いている。アンネは顔を少し赤くして再び椅子に座った。

「ゴホン、それは遅ればせながら革命騒ぎも完全に落ち着いたので、迷惑がかかっていないかの確認という名目でな」

「ふむ」

「そこで使者には王国から土産を持たせる段取りが進んでいる。侯爵閣下がねじ込んだそうだ」

カミロはそこで一旦《いったん》間を置いた。言いにくいことなのだろうか。

「〝猫印のナイフ〟、それも普通の素材でないものを持たせたい、とのことだよ」

「ん？」

〝猫印のナイフ〟とはつまり、うちの工房のものだ。それを帝国の使者に持たせる？

「折角遠路はるばるいらしたのだし、王国の巷《ちまた》で話題のものを、特別な素材で作らせたのでお持ちください、ってわけだ」

「でも、ナイフ自体は帝国にも持ち込んでるんだろ？」

そう、帝国では皇帝陛下直々の力添えで販路があるはずなのだ。

「まぁね。そこは織り込み済みだよ。王国としてはうちで作られているものだぞというアピールをする」

言ってカミロは似合わないウインクをする。俺は目で先を促した。

「で、帝国の使者が言うわけだ。『これは最近帝国でも話題になっております。手に入りにくいものゆえ、こちらに来てから一本買い求めました』」

「『やや、これは偽物ではありませぬか』」

少し芝居がかったカミロの言葉に続けたのはアンネだ。

「それでひとまず土産として持たせるのは本物として、今アピールしたのに偽物を使者に掴ませてしまっているのは王国としてのメンツが立たない、偽物を作っている不届き者を探し出せ！　帝国にも流れているやもしれん！　と侯爵閣下がエラい剣幕で怒る。するとどうなる？」

「侯爵にそれを言われたら、王国としてもそれなりに動かざるを得ないだろうな」

俺はおとがいに手を当てる。カミロは少しおかしそうに笑った。

「だろ？　まぁ、それで公爵までたどり着けないとしても、その手前まで……は欲張りすぎかもしれないが、ある程度は追いかけていけるはずだ」

「いざとなれば行動に移すし、徹底的にやるぞと圧力をかけるわけか」

「そういうこと」

真《ま》っ直《す》ぐに俺を見るカミロ。俺は苦笑した。

「で、それを作れってことだな」

「そういうこと」

そう言ってカミロは申し訳なさそうな、面白がっているような複雑な笑みを浮かべるのだった。

出会いの物語⑩　闇夜の二人

王国の都。様々な種族や部族が行き交い、華やかなところではあるが、それは影の部分がないことを意味しない。

どうしても光を遮るものはあり、そこに影ができる。不本意ながらそこにしかいられない者、あるいは自ら望んでそこにいる者。真の意味でさまざまな者がおり、夜なお騒々しい。

都のそんな一角に、外から見ると半ば崩れているような建物があった。

しかし、その中は外見からは全く想像がつかないほどに「普通」である。

一切の特徴が排除された普通の家具に普通の壁。この中では劣化や崩壊すらも特徴として排除したかのように見当たらず、かといって新品の清々《すがすが》しさも存在しなかった。

ここに住んでいたのは何者であったか、と尋ねれば、一〇人が一〇人「普通の人」と答えるだろう空間。

そんなところに、こちらは特徴的な二人が、特徴のない椅子に向かい合って座っていた。

「ジュリエット、武器は無事に入手できたかい？」

「ええ、もちろん」

尋ねられて、ジュリエットは頷《うなず》いた。

「ふむ……。それで、具合はどうだい？」

「とてもいいわ」

どこか恍惚《こうこつ》とした様子でジュリエットは答える。

「思っていた以上の使いやすさ。隠すのもほら」

ジュリエットが両手を大きく広げて見せた。その身体《からだ》のどこかにそれなりの大きさの刃物が隠れているようには見えない。

「これなら誰にも気づかれずに『仕事』をすることができそう」

「そうか。目に狂いはなかったわけだね」

「ええ」

ジュリエットともう一人は頷きを交わし合う。

「それじゃあ、早速だけど次の仕事だよ」

「良いけど、ちゃんと悪人でしょうね？」

「今回の依頼元もちゃんとしたところだよ」

「へえ」

ジュリエットが片眉《まゆ》を上げた。もう一人は小さく笑う。

「なにせ、この国の〝公爵〟からの依頼だからね」

「それなら間違いはなさそうね」

ニコリとジュリエットは微笑《ほほえ》んだ。そして、今いるところから立ち去ろうとする。

その背中にもう一人が声をかけた。

「ああ、そういえば」

「なあに？」

もう一人はにこやかな顔で言った。

「〝黒の森〟の人たちはどうだった？」

「優しくて、楽しい人たちだったわよ。それと……」

「それと？」

ジュリエットは寂しげな笑みを浮かべて言った。

「万が一にも敵に回したくないわね」

あとがき

どうもお久しぶりです。一〇度目まして、アラフィフ兼業ラノベ作家のたままるでございます。

そう、とうとう大台の一〇巻に到達いたしました。ここまで来られたのも読者の皆様のおかげとまずはお礼申し上げます。


今回は本作で初めての「次巻に続く」になっています。と言いますのも、Web版を読んでいらっしゃる方はご存知《ぞんじ》かと思いますが、連載期間として約二年に及んだ部分でして、内容的にも文章量的にもちょっと一巻には収まりそうにないなということで、分けることになりました。

七巻もかなりボリュームのあるところでしたが、あちこちを削ってなんとか一巻に収めることができていました。

ですが、さすがに今回は不可能だろうということでこの形になりました。大台到達なので今までやってこなかったことをやるのも良いかなと。


やってこなかったこと、と言えば、書籍版限定のキャラクターは今までも出していたんですが、本作にしては珍しく、ちょっと現実離れした感じの（ヘレンの戦闘力なんかはさておき）キャラクターを出してみました。

ついでというわけでもないんですが、作るのもあまり一般的でないものにしましたが、キャラクターから言えばちょうど良かったのかなと。

彼女はもうちょっと出番がある予定ですので、まだ見ていたかったという方はご期待ください。


炎の精霊のマリベルについて。彼女は結構早い段階、書籍版で言えば三巻とか四巻くらいには存在することが決まっていて、どこで出そうかなと機会を窺《うかが》っていました。

ちょこちょこチャンスはあったんですが、ようやくの登場です。ただ、登場して、そんなに経《た》たないうちに退場になってしまいました。彼女にはやってもらうことがありますので、こちらも今後の再登場をお待ちいただければ。


以下は謝辞になります。

今回も編集のＩさんには大変お世話になりました。お手数おかけしておりますが、今後とも宜《よろ》しくお願いいたします。

イラスト担当のキンタさんには今回もキャラデザ、表紙、口絵、挿絵と素敵なものをいただきました。ありがとうございます。

毎度毎度で恐縮ですが、特にキャラデザは私があんまりハッキリ書かないこともあって、今回は特にちょっと特殊なキャラクターで面倒だったかと思いますが、最初からこういう設定をカッチリ決めてあったようなデザインで、毎度ありがたい限りです。

コミカライズをご担当いただいている、日森《ひもり》よしの先生も毎回適当な部分が多くてご迷惑をおかけしているかと思いますが、いつも読者寄りの目線で楽しませていただいております。ありがとうございます。

オーディオ版、海外版の関係者の皆様もご尽力いただき、ありがとうございます。

母と妹、いつも癒やしをくれる猫のチャマ、コンブ、しじみもありがとう。

オンライン、オフラインの友人たち、つるんでくださる作家仲間の諸先生方もありがとうございます。

最後にもちろん、これを読んでくださっている読者の皆様に最大の感謝をお送りしたいと思います。重ねてになりますが、皆様のおかげで一〇巻の大台に突入することが出来ました。

今後も本作を楽しく読んでいただければと思います。

それでは、次回一一巻にてお目にかかりましょう！

カドカワBOOKS

鍛冶屋《かじや》ではじめる異世界《いせかい》スローライフ 10

2024年7月10日　初版発行

著者／たままる

発行者／山下直久

発行／株式会社KADOKAWA

〒102-8177
東京都千代田区富士見2-13-3
電話／0570-002-301（ナビダイヤル）

編集／カドカワBOOKS編集部

印刷所／大日本印刷

製本所／大日本印刷

Printed in Japan
ISBN 978-4-04-075537-3 C0093

新文芸宣言

かつて「知」と「美」は特権階級の所有物でした。

15世紀、グーテンベルクが発明した活版印刷技術は、特権階級から「知」と「美」を解放し、ルネサンスや宗教改革を導きました。市民革命や産業革命も、大衆に「知」と「美」が広まらなければ起こりえませんでした。人間は、本を読むことにより、自由と平等を獲得していったのです。

21世紀、インターネット技術により、第二の「知」と「美」の解放が起こりました。一部の選ばれた才能を持つ者だけが文章や絵、映像を発表できる時代は終わり、誰もがネット上で自己表現を出来る時代がやってきました。

UGC（ユーザージェネレイテッドコンテンツ）の波は、今世界を席巻しています。UGCから生まれた小説は、一般大衆からの批評を取り込みながら内容を充実させて行きます。受け手と送り手の情報の交換によって、UGCは量的な評価を獲得し、爆発的にその数を増やしているのです。

こうしたUGCから生まれた小説群を、私たちは「新文芸」と名付けました。

新文芸は、インターネットによる新しい「知」と「美」の形です。

2015年10月10日

井上伸一郎